6e-5e

MA SÉRIE POUR PROGRESSER EN ANGLAIS

W0287865

Martyn Back

avec

Rebecca Dahm

Maître de conférences en didactique de l'anglais
INSPE Midi-Pyrénées,
Université de Toulouse-Jean-Jaurès

Belin:
ÉDUCATION

170 bis, boulevard du Montparnasse, 75680 Paris cedex 14
ISBN 979-10-358-1603-2

Direction de la publication : Giovanni Picci
Édition : Marlène Landon
Création graphique et mise en pages : Charlotte Thomas
Création graphique couverture : Studio Humensis, Johann Coursaget
Iconographie : Loan Herr
Animations : MO Studio

SOMMAIRE

HI, WHAT'S YOUR NAME?

1 SCAN & WATCH

Regarde le premier épisode !

Vidéo 1

2 MATCH

Associe chaque phrase avec sa traduction.

What's your name? 1	a Je suis Anna.
I'm Anna. 2	b Enchanté(e) !
Pleased to meet you! 3	c Comment tu t'appelles ?
My name is Tom. 4	d Comment vas-tu ?
How are you? 5	e Je m'appelle Tom.
I'm fine, thanks. 6	f Je vais bien, merci.

Le mot **I** s'écrit toujours avec une majuscule !
Hi, I'm Anna!

3 FOCUS

I am Anna. → **I'm Anna.**

He is my friend. → **He's my friend.**

My name is Kevin. → **My name's Kevin.**

What is your name? → **What's your name?**

TO BE

I am →	I'm
You are →	You're
He is →	He's
She is →	She's
It is →	It's
We are →	We're
They are →	They're

Ce sont les **formes contractées** ! Un peu familières, elles sont très souvent employées à l'oral, mais moins souvent à l'écrit.

4 CHOOSE

Choisis la réponse qui convient

1. How are you?
- ⓐ Pleased to meet you!
- ⓑ I'm fine, thanks!

2. I'm Anna.
- ⓐ What's your name?
- ⓑ Hello, Anna!

3. What's your name?
- ⓐ I'm fine, thanks!
- ⓑ My name's Jessica.

4. Hi David!
- ⓐ My name's David.
- ⓑ Hi, pleased to meet you!

5 PRACTISE

Complète chaque phrase avec la bonne forme du verbe **be**.

ⓐ **I .... Anna**
Je suis Anna.

ⓑ **He .... Tom.**
Lui, c'est Tom.

ⓒ **She .... my friend.**
C'est mon amie.

ⓓ **We .... Anna and Tom.**
Nous sommes Anna et Tom.

ⓔ **What .... your name?**
Comment tu t'appelles ?

ⓕ **My name .... Jack.**
Je m'appelle Jack.

6 DISCOVER!

THE UNITED KINGDOM

Le Royaume-Uni (**the United Kingdom**) est constitué de quatre pays : l'Angleterre (**England**), le pays de Galles (**Wales**), l'Écosse (**Scotland**) et l'Irlande du Nord (**Northern Ireland**).

Hello! I'm Ella.
I'm Northern Irish!

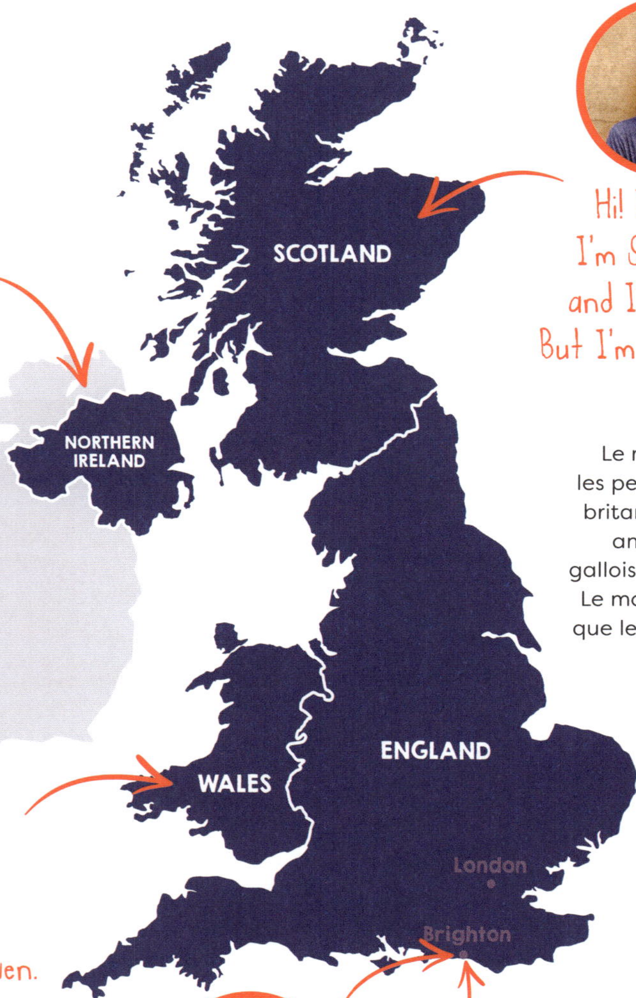

Hi! I'm Rod.
I'm Scottish ...
and I'm British!
But I'm not English!

La Grande Bretagne (**Great Britain**) est la grande île de forme allongée où se trouvent l'Angleterre (au sud), le pays de Galles (à l'ouest) et l'Écosse (au nord).

Le mot **British** désigne les personnes de nationalité britannique, qu'elles soient anglaises, écossaises, galloises, ou nord-irlandaises. Le mot **English** ne désigne que les personnes originaires de l'Angleterre.

Hi! My name's Owen.
I'm Welsh!

Alors si tu rencontres un Écossais, une Galloise ou un Nord-Irlandais, surtout ne lui dis pas **you're English** ! Il/Elle serait très vexé(e) !

Tom et Anna habitent à **Brighton**, une jolie station balnéaire qui se trouve dans le Sud de l'Angleterre, non loin de Londres. Beaucoup de personnes qui travaillent à Londres habitent à Brighton.

7 RECAP

Complète ce dialogue !

What's · you · Pleased · fine · How · your name · soon · name · Bye · My name

ⓐ Hello, what's .... ?
ⓑ My name's Karen. .... your ....?
ⓒ .... is Harry.
ⓓ .... to meet you, Harry.
ⓔ .... are you?
ⓕ I'm ....
ⓖ .... Harry!
ⓗ Bye Karen! See .... !

8 REMEMBER

LES ADJECTIFS POSSESSIFS

MY → mon, ma, mes

YOUR → ton, ta, tes, votre, vos

HIS → son, sa, ses [à lui]

HER → son, sa, ses [à elle]

ITS → son, sa, ses [à un animal non familier]

OUR → notre, nos

THEIR → leur, leurs

→ **HIS name is Tom.**
Son nom [à **lui**] est Tom.
Il s'appelle Tom.

→ **HER name is Anna.**
Son nom [à **elle**] est Anna.
Elle s'appelle Anna.

Et n'oublie pas de bien prononcer le **h** dans **his** et **her** !

TAKE THE QUIZ!

Atelier alphabet

Pour le mémoriser une fois pour toutes !

D'abord, les TRÈS faciles

F L M

N S Z

Ça se prononce tout comme en français !

Ça reste encore SIMPLE !

B C D

P T V

C'est comme les lettres françaises mais ça se termine par i !

Les BRITISH

H Éitch !

K Kéi

Q Kiou

R Ne grogne pas comme en français car il bâille : aaaaaa!

U Fais ton Elvis... : only youuuuuuu!

W Ce n'est pas un « w », mais un ***double you***, à l'anglaise !

X L'« ex » que tu n'oublieras jamais !

Y Why?

Les BIZARRES

A Hey ! mais sans le h !

E Se pronconce « i », eh oui, le « e » c'est un « i » !

I La lettre qui fait mal ! Aïe !

J Ça commence par « dj » et ça finit par « hey » !

G dji dji dji dji

O Oh ! Commence par dire « o » et finis en « ou »... ow!

Audio 1

ÉCOUTE les lettres par groupes et puis l'alphabet en entier !

MEET MY FRIENDS!

1 SCAN & WATCH

Regarde le deuxième épisode !

Vidéo 2

2 MATCH

Associe chaque phrase avec sa traduction.

This is my friend Jack. 1	a Je suis de San Francisco.
Hi, Jack! 2	b C'est Sophia !
Hi everybody! 3	c Je vous présente mon ami Jack.
Pleased to meet you. 4	d D'où viens-tu ?
Where are you from? 5	e Qui est-ce ?
I'm from San Francisco. 6	f Salut Jack !
Who's that? 7	g Salut tout le monde !
That's Sophia! 8	h Enchanté.

3 BUILD

Mets les mots dans l'ordre pour reconstruire ces phrases.

1. Je te présente mon amie, Alison. — friend / This / Alison / my / is

   ....

2. D'où viens-tu, Harry ? — are / from / you / Where / Harry

   ....

3. Je suis de Manchester, et toi ? — I'm / and / Manchester / you / from

   ....

4 FOCUS

THIS IS, THAT IS, THESE ARE, THOSE ARE

This is... et **That is...** sont employés pour désigner quelque chose (en le pointant du doigt ou en le désignant du regard). Ils se traduisent tous les deux par **c'est**. Mais quelle est la différence entre **this** et **that** ?

This is...
désigne quelque chose qui est relativement **proche** de toi dans l'espace. → **This is my phone.**
Ça, c'est mon téléphone [*que je tiens à la main*].

That is...
désigne quelque chose qui est plus éloigné. → **That's your phone.**
Ça, c'est ton téléphone [*là, sur la table*].

Tu as remarqué ?
Tu peux employer la contraction **that's** (= **that is**) !

Au pluriel, on emploie **these are**... et **those are**...

These are my glasses.
Ça, ce sont mes lunettes. [*Je les tiens à la main ou je les ai sur le nez !*]

Those are David's glasses.
Ça, ce sont les lunettes de David [*là-bas*].

5 CHOOSE

Choisis la réponse qui convient.

1. Where are you from, Jack?
- a I'm from San Francisco.
- b I'm in San Francisco.

2. How are you?
- a Yes, I am.
- b I'm fine, thanks.

3. This is my friend Jack.
- a Bye, Jack!
- b Hi, Jack!

4. Who's that?
- a That's Sophia.
- b Sophia is here.

6 FOCUS

LES ADJECTIFS DÉMONSTRATIFS THIS ET THAT

This et **that** peuvent aussi se trouver directement devant un nom.

THIS + NOM
s'emploie pour désigner quelque chose qui est relativement **proche** de toi.

THAT + NOM
s'emploie quand on parle de quelque chose qui est plus **éloigné**.

This book is very interesting.
Ce livre [*que je tiens à la main*] est très intéressant.

Please give me that book.
Donne-moi ce livre [*que tu tiens à la main*] s'il te plaît.

THESE et **THOSE** fonctionnent de la même façon, mais pour le pluriel.

These chips are cold.
Ces frites [*celles que je suis en train de manger*] sont froides.

Those cats are cute.
Ces chats [*ceux qui sont là-bas*] sont mignons.

Attention à bien prononcer le « **th** » dans **this**, **that**, **these** et **those** ! Mets ta langue entre tes dents et entraîne-toi en écoutant à nouveau les personnages dans la vidéo.

7 GEO CHALLENGE!

De quels pays ces villes sont-elles la capitale ? Pour trouver leur nom, remets les lettres dans le bon ordre !

EDINBURGH	❶	....	DANSTOLC
AUCKLAND	❷	....	WEN AZNDALE
CANBERRA	❸	....	SARTAULAI
WASHINGTON D.C.	❹	....	HET TINUDE SETATS
DUBLIN	❺	....	DANLERI

8 SAY IT

LES PRÉSENTATIONS

Comme tu as vu dans la vidéo, **THIS IS...** est également employé pour **présenter quelqu'un**. C'est une expression qui correspond à « je te/vous présente... ».

This is Peter.
Je te présente Peter.

Te souviens-tu comment dire « enchanté(e) » ?

....!

9 RECAP

Complète ce dialogue !

New York · This · friend · fine · everybody · how · where · I'm

ⓐ **Hi Zoe,** .... **are you?**

ⓑ **I'm** ...., **thanks.** .... **is my** .... **Patrick.**

ⓒ **Hi,** ....**!**

ⓓ **Hi Patrick,** .... **are you from?**

ⓔ .... **from** .... **.**

10 DISCOVER!

WELCOME TO THE UNITED STATES!

→ Il y a **50 États**. Le plus grand, c'est l'Alaska. Le plus petit, c'est le Rhode Island.

→ La capitale **Washington D.C.** ne se trouve pas dans l'État de Washington !

→ En conduisant 8 heures par jour, il faudrait entre 4 et 6 jours pour traverser les États-Unis d'est en ouest en voiture.

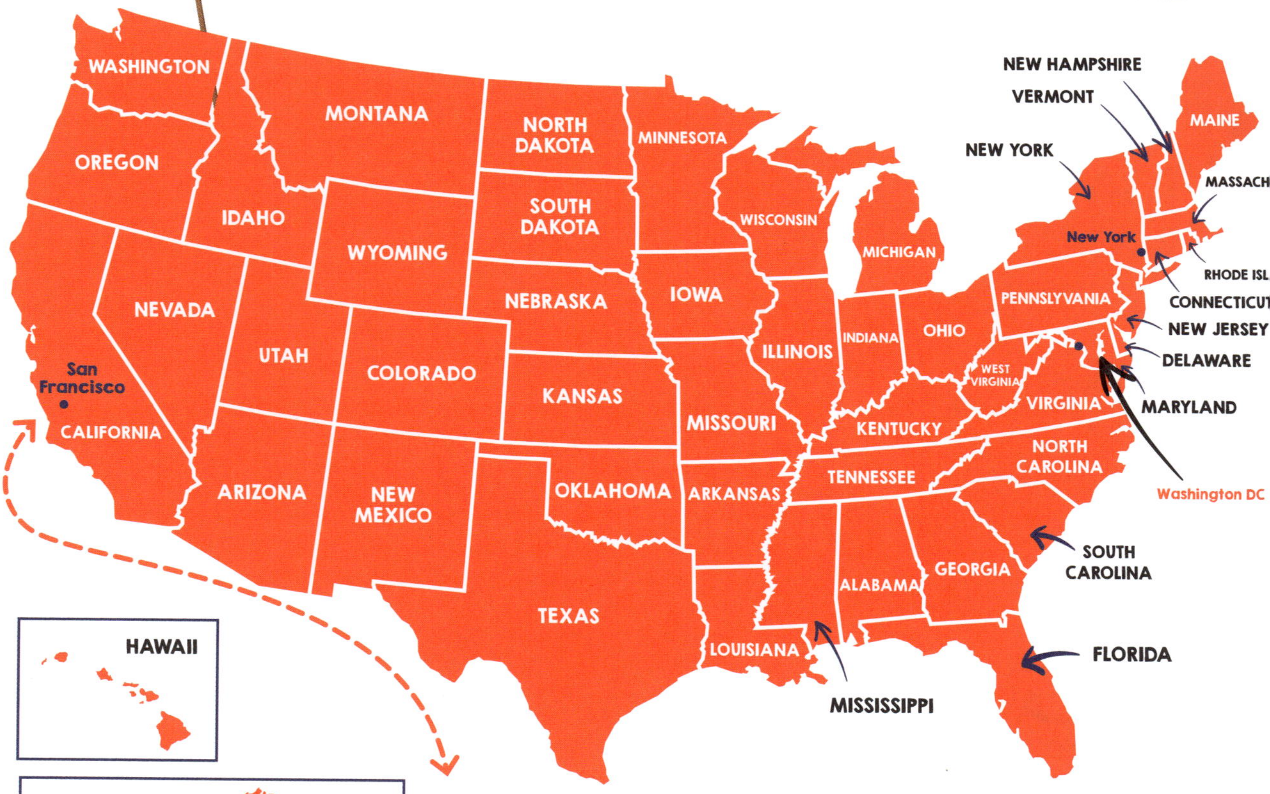

WHERE ARE THESE FAMOUS PLACES?

Sais-tu où se trouvent ces lieux très célèbres aux États-Unis ?

Florida | Arizona | San Francisco | New York

1 The Statue of Liberty is in the city of ....

2 The Golden Gate Bridge is in the city of ....

3 The Grand Canyon is in the State of ....

4 Miami Beach is in the State of ....

TAKE THE QUIZ!

MEET MY FAMILY!

1 SCAN & WATCH

Regarde le troisième épisode !

Vidéo 3

2 MATCH

Associe chaque phrase avec sa traduction.

Do you have any children? 1	a Ma fille s'appelle Amy.
I have a son. 2	b Quel âge a-t-elle ?
His name is George. 3	c Elle a quatre ans.
How old is he? 4	d J'ai un fils.
He's thirteen. 5	e Il s'appelle George.
My daughter's name is Amy. 6	f Il a treize ans.
How old is she? 7	g Est-ce que tu as des enfants ?
She's four. 8	h Quel âge a-t-il ?

3 LOOK

Le verbe have

I **have** a son.
You **have** a son.
He **has** a son.
She **has** a son.
We **have** a son.
They **have** a son.

REMEMBER!
he **has** a son
she **has** a son

4 BUILD

Mets les mots dans l'ordre pour reconstruire ces phrases.

a) Est-ce que tu as des enfants ? any | Do | have | you | children

....

b) Quel âge ont-ils ? old | How | they | are

....

c) Ma fille s'appelle Daniela et elle a dix ans. daughter's | is | name | My | Daniela | she's | ten | and

....

....

d) Quel âge as-tu ? J'ai onze ans. eleven | How | I'm | old | are | you

....

Attention !
one child → un enfant
two children → deux enfants

5 REMEMBER!

Regarde à nouveau la fin de la vidéo pour réviser.

SAIS-TU COMPTER JUSQU'À 20 ?

Retrouve les chiffres de 1 à 20 qui se cachent dans ces mots mêlés et écris-les en bas !

T	H	I	R	T	E	E	N	O	N	E	Y	T	A	T
W	F	I	V	E	G	R	F	V	N	K	A	O	J	W
E	S	M	T	I	H	N	I	N	E	I	E	L	F	O
N	S	I	X	T	E	E	N	B	I	A	I	S	E	G
T	Q	Y	V	E	L	E	V	E	N	B	G	I	L	H
Y	L	A	L	I	K	C	V	D	F	W	H	X	B	T
F	O	U	R	T	E	E	N	Y	E	O	T	A	N	E
T	U	P	F	I	F	T	E	E	N	A	F	G	A	E
W	E	T	R	N	U	S	V	I	G	W	O	T	I	I
E	V	T	E	N	I	T	H	R	E	E	U	J	S	G
L	S	X	M	L	K	S	A	P	L	O	R	O	I	H
V	S	E	V	E	N	T	E	E	N	I	T	L	X	T
E	Q	M	N	B	P	R	A	B	B	Y	E	M	T	E
W	F	B	F	Z	F	O	U	R	Z	C	E	Q	E	E
A	H	U	S	E	V	E	N	A	I	U	N	Z	E	N
N	I	N	E	T	E	E	N	M	P	N	O	I	N	G

1 ....
2 ....
3 ....
4 ....
5 ....
6 ....
7 ....
8 ....
9 ....
10 ....
11 ....
12 ....
13 ....
14 ....
15 ....
16 ....
17 ....
18 ....
19 ....
20 ....

Fais attention à l'orthographe des chiffres **8** et **18**, et à la prononciation du chiffre **15** !

6 FOCUS DIRE SON ÂGE

How old are you?

How old is he?

How old is she?

How old are they?

I am eleven.

Peter is thirteen.

Pour parler de l'âge, on emploie le verbe **be** (= être), alors qu'en français on emploie le verbe **avoir** !

How old is Thomas? → Quel âge **a** Thomas ?

7 CHOOSE

Choisis la réponse qui convient.

1. Do you have any children?
- ⓐ No, I have a daughter.
- ⓑ Yes, I have two sons.

2. How old are they?
- ⓐ He's four.
- ⓑ They are four and ten.

3. How old are your two brothers?
- ⓐ They are twenty years old.
- ⓑ They have twenty.

4. How old is Mehdi?
- ⓐ Mehdi is ten.
- ⓑ Mehdi has ten years.

And you?
How old are you?

Écris ta réponse en toutes lettres !

I'm ....

Note bien les formes contractées **he's** et **she's**.

He's nine. (He is nine.)
Il a neuf ans.

She's eleven. (She is eleven.)
Elle a onze ans.

8 **DISCOVER!**

MEET ARCHIE'S FAMILY!

Queen Elisabeth II

Prince Philip

Sais-tu comment on dit « **la Reine Elizabeth II** » en anglais ? Son nom s'écrit **Queen Elizabeth II** et se dit **Queen Elizabeth the second** !

Prince Charles

Lady Diana Spencer († 1997)

Meghan is a famous American actress.

Prince Harry is Prince Charles' son and the Queen's **grandson**.

Prince Harry

Meghan Markle

Archie

So little Archie is the Queen's **great-grandson**!

His **parents** are Prince Harry and Meghan Markle.

9 ROYAL FAMILY CHALLENGE!

Retrouve les liens de parenté qui unissent la famille royale.

1. Meghan is Archie's ....
2. Prince Charles is Prince Harry's ....
3. Prince Charles is Archie's ....
4. Archie is Prince Harry's ....
5. Queen Elizabeth II is Prince Harry's ....

mother | grandmother | son | grandfather | father

Harry's mother

La mère **de** Harry

10 LISTEN

Audio 2

Écoute les mots et fais bien la différence !

14	fourteen	15	fifteen
40	forty	50	fifty

TAKE THE QUIZ!

HI, BEAUTIFUL!

1 SCAN & WATCH

Regarde le quatrième épisode !

Vidéo 4

2 MATCH

Associe chaque phrase avec sa traduction.

Show me your daughter.	1	a	Et tu as un chat !
Sure! This is Amy.	2	b	Il est très gros, mais très gentil.
Oh, she's beautiful.	3	c	Oui, il s'appelle Bobby.
Show me your son.	4	d	Montre-moi ta fille.
He's very tall and handsome.	5	e	Montre-moi ton fils.
And you have a cat!	6	f	Il est mignon.
Yes, his name is Bobby.	7	g	Il est très grand et très beau.
He's very fat, but he's very friendly.	8	h	Oh, elle est belle.
He's cute.	9	i	Bien sûr ! Voici Amy.

3 LOOK

LA DESCRIPTION PHYSIQUE

What does he look like? → Il est comment ?
What does she look like? → Elle est comment ?
What do they look like? → Ils/Elles sont comment ?

What do YOU look like? → Et toi, tu es comment ?

4 BUILD

Mets les mots dans l'ordre pour reconstruire ces phrases.

a) Elle est comment, Léa ? — does / like / What / look / Léa

....

b) Elle est très belle. — She / beautiful / very / is

....

c) Montre-moi ton fils. — son / me / Show / your

....

d) Il est très grand et très beau. — handsome / and / very / He's / tall

....

Attention !
L'adjectif **handsome** est généralement employé pour parler d'un beau garçon.

L'adjectif **tall** signifie *grand* ou *haut.* Quand il s'agit d'une personne, il s'emploie uniquement pour parler de sa taille.

5 FOCUS

LES ADJECTIFS

Masculin, féminin ou pluriel, l'adjectif ne change jamais. Plus facile qu'en français !

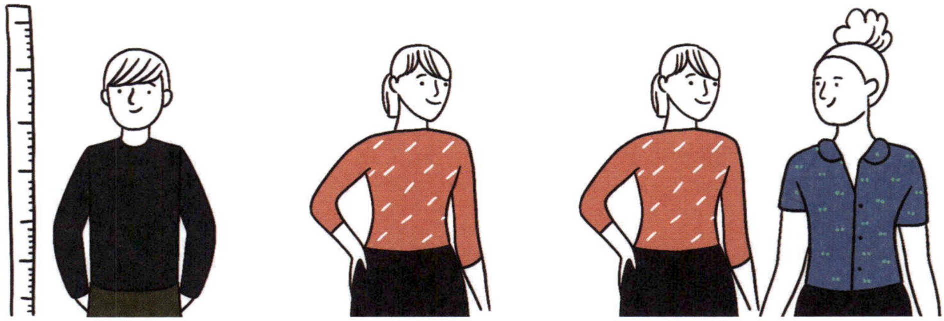

A tall boy | **A tall girl** | **Two tall girls**

Ne mets pas l'adjectif après le nom ! Il le **précède TOUJOURS**.

a magnificent view → une vue **magnifique**

an interesting teacher → un professeur **intéressant**

Attention !
Ne dis jamais
You are fat!
C'est une insulte !

6 LEARN

Apprends ces adjectifs très utiles !

tall, big/large → grand(e) ≠ **small, little** → petit(e)

pretty → joli(e)
cute → mignon(ne) ≠ **ugly** → laid(e)

thin → mince, maigre ≠ **fat** → gros(se)

old → âgé(e), vieux/vieille ≠ **young** → jeune

Attention, l'adjectif anglais **large** signifie *grand*, pas large !

7 DISCOVER!

SUPERVILLAINS!

Who are they?

Identifie les super-vilains d'après leur description.

- **a** He wears a monocle. → ....
- **b** He has a long moustache. → ....
- **c** Half of his head is red. → ....
- **d** She wears a mask with pointy ears. → ....
- **e** Her face is green and her hair is red. → ....
- **f** He wears a purple mask. → ....
- **g** He has a very ugly brown face. → ....

Remember!
His désigne un homme.
Her désigne une femme.

an ear → une oreille
a face → un visage
a head → une tête
half of → la moitié de
to wear → porter

COLOURS

- red
- brown
- purple
- green
- white
- black
- blue
- yellow

8 MATCH

Associe chaque image avec sa description.

a

b

c

d

1. A very large, beautiful house
2. A tall, thin young man
3. A friendly old woman
4. An ugly little dog

9 FOCUS!

Pourquoi dit-on **a tall man** mais **an ugly dog** ?

Pour faciliter la prononciation, l'article indéfini a devient an quand il précède un son voyelle !

a book **an apple**

Attention, certaines voyelles peuvent avoir un son consonne !
a uniform

10 PRACTISE

Choisis l'article qui convient : A ou AN ?

1. .... black mask
2. .... young daughter
3. .... old man
4. .... happy family

SAY IT

PARLE COMME UN VRAI BRITISH !

En anglais, dans une phrase, on accentue davantage les mots les plus importants.

His name's Bobby. → Le prénom Bobby, c'est l'information la plus importante de la phrase.

What does he look like? → On veut savoir à quoi il ressemble (look like). C'est le cœur de notre question.

What do you look like?

Tu es comment ?

I'm tall and handsome.
What do you look like?

Je suis grand et beau. Et toi ?

Attention !
Observe ce qui se passe si on déplace cet accent.

Audio 3

Écoute ces deux phrases en faisant attention à l'accent.

Audio 4

TAKE THE QUIZ!

ARE YOU CRAZY?

1 SCAN & WATCH

Regarde le cinquième épisode !

Vidéo 5

2 MATCH

Associe chaque phrase avec sa traduction.

George is a shy boy. ❶	ⓐ Est-ce que tu es timide ?
Amy isn't shy. ❷	ⓑ Amy est très drôle.
She's very talkative. ❸	ⓒ Non, pas du tout !
She's very clever. ❹	ⓓ George est un garçon timide.
Amy is very funny. ❺	ⓔ Amy n'est pas timide.
Are you shy? ❻	ⓕ Elle est très intelligente.
No, not at all! ❼	ⓖ Elle est très bavarde.

3 FOCUS DÉCRIRE LA PERSONNALITÉ DE QUELQU'UN

What's he like? [= What is he like?] Il est comment ?
What's she like? Elle est comment ?
What's your new teacher like? Il est comment, ton nouveau prof ?

Fais bien la différence !

What is she like?
She is funny.
→ On parle de la personnalité !

What does she like?
She likes ice cream.
→ On parle des goûts !

What does she look like?
She is tall.
→ On parle de l'aspect physique !

4 BUILD

Mets les mots dans l'ordre pour reconstruire ces phrases.

a Elle est comment, ton amie ? your like What's friend

....

b Elle est très timide. She shy very is

....

c Mais elle est très intelligente. clever But is she very

....

d Est-ce qu'elle est bavarde ? Non, pas du tout. No she all talkative Is at not

....

....

Oliver Twist est le héros d'un roman de **Charles Dickens**, publié en 1837-1839. Orphelin pauvre, il vit de nombreuses aventures avant de connaître le bonheur et la prospérité.

Dans plusieurs romans de Mark Twain, **Tom Sawyer** et **Huckleberry Finn** sont deux jeunes amis qui partent à l'aventure le long du fleuve Mississippi vers 1840.

5 DISCOVER!

YOUNG HEROES

Connais-tu ces jeunes **héros et héroïnes** de la littérature et du cinéma ?

Merida est l'héroïne du film d'animation *Rebelle* (2012) intitulé ***Brave*** (courageuse) en anglais. C'est une princesse écossaise qui a beaucoup de caractère.

Héroïne du film du même nom, **Mulan** est la fille d'un grand guerrier chinois désormais malade. Elle prend sa place au combat en se faisant passer pour un homme, et devient elle-même une grande guerrière.

Mowgli est le jeune héros du *Livre de la jungle* (***The Jungle Book***) de Rudyard Kipling, publié en 1894. Élevé par des loups, il vit des aventures avec les animaux de la jungle.

Dirkie est le héros du film sud-africain ***Lost in the Desert***, sorti en 1969. À la suite d'un accident d'avion, ce petit garçon se retrouve perdu dans le désert avec son petit chien.

6 LISTEN

Audio 5

Écoute ces deux amies anglaises qui parlent de leurs héros et héroïnes préférés et réponds aux questions suivantes.

1. How old is Merida?

- ⓐ She's thirteen.
- ⓑ She's fourteen.

2. Where is Mowgli from?

- ⓐ He's from India.
- ⓑ He's from Japan.

3. What nationality is Tom Sawyer?

- ⓐ He's Canadian.
- ⓑ He's American.

4. How old is Oliver Twist?

- ⓐ He's ten.
- ⓑ He's twelve.

7 LEARN

Apprends ces adjectifs très utiles !

great	génial(e)
nice	sympathique
kind	gentil(le)
brave/courageous	courageux/se
easy-going	facile à vivre
honest	honnête

Retiens ces synonymes de **great** !
awesome · incredible · amazing

horrible	horrible
mean	méchant(e)
selfish	égoïste
bad-tempered	qui a mauvais caractère
crazy	fou/folle
silly	bête

Attention ! Le **h** de **horrible** est prononcé, mais pas le **h** de **honest** !

Audio 6

ÉCOUTE !

8 LOOK

LES DEGRÉS D'INTENSITÉ

You're **really** shy. → Tu es vraiment timide.

They're **very** shy. → Ils sont très timides.

She's **quite** shy. → Elle est assez timide.

I'm **a bit** shy. → Je suis un peu timide.

He's **not at all** shy. → Il n'est pas du tout timide.

She's too shy!
Elle est trop timide !

9 PLAY

Lis les indices pour remettre les lettres dans l'ordre !

a **What's Timothy like?** → He's ....
Timothy a tendance à ne penser qu'à lui.
EQIUT FLEHSSI

b **What's Geoffrey like?** → He's ....
Geoffrey se met en colère tout le temps.
DBA-PETDERME

c **What's Mary like?** → She's ....
C'est toujours un plaisir de passer du temps avec Mary !
YEALLR ESYA-GINGO

TAKE THE QUIZ!

EPISODE 6

DREAM JOBS

1 SCAN & WATCH

Regarde le sixième épisode !

Vidéo 6

2 MATCH

Associe chaque phrase avec sa traduction.

What do you do for a living?	1	a	Où travailles-tu ?
I'm a photographer, and you?	2	b	Je suis infirmier(ère).
I'm a nurse.	3	c	Que fais-tu dans la vie ?
I'm a teacher.	4	d	Je travaille en centre-ville.
Where do you work?	5	e	Je suis photographe, et toi?
I work in the town centre.	6	f	Je suis enseignant(e).

3 LOOK

Il faut TOUJOURS **a**/**an** devant les noms de métiers !

I'm a student.	→ Je suis étudiant(e).
I'm a student too!	→ Moi aussi je suis étudiant(e) !
She's an architect.	→ Elle est architecte.
I'm an architect too!	→ Moi aussi je suis architecte !

too = aussi

4 FOCUS

POSER UNE QUESTION

What do you do for a living?	Que fais-tu dans la vie ?
Where do you work?	Où est-ce que tu travailles ?
How do they know?	Comment est-ce qu'ils le savent ?
Why does she take the bus?	Pourquoi est-ce qu'elle prend le bus ?
When does he arrive?	Quand est-ce qu'il arrive ?

Dans une phrase interrogative, l'auxiliaire **DO** (**DOES** à la 3e personne du singulier) vient aider le verbe.

REMEMBER

what – where – how – why – when

5 LOOK

I/You/We/They **work** in a school.

He **works** at home.

She **works** in London.

N'oublie pas le **s** de la troisième personne du singulier au présent simple !

- **He works in London.**
- **She takes the train.**
- **Charlie lives in Manchester.**
- **The dog likes you...**

6 FOCUS

QU'AIMERAIS-TU FAIRE COMME MÉTIER ?

What do you want to be when you grow up?
Qu'est-ce que tu veux faire quand tu seras grand(e) ?

I want to be a doctor. → **Je veux** être médecin.

I'd like to be a singer. → **J'aimerais** être chanteur/chanteuse.

LOOK!

I don't want to be a singer. → Je **ne** veux **pas** être chanteur/chanteuse.

Arthur doesn't want to be a footballer. → Arthur **ne** veut **pas** être joueur de foot.

Emma doesn't want to be a dancer. → Emma **ne** veut **pas** être danseuse.

Souviens toi, l'auxiliaire être vient aider le verbe.
Dans une phrase négative, il devient :
DO + NOT = DON'T **DOES + NOT = DOESN'T.**

7 DISCOVER!

LET'S MEET SOME SUCCESSFUL PEOPLE!

"Nobody knows who I am except family and my close friends."

Personne ne sait qui je suis, à part ma famille et mes amis proches.

Kylie Jenner is an extremely successful American model. She is probably the world's youngest billionaire.

Drake is a famous Canadian rapper, singer and actor. He's one of the world's best-selling music artists.

"Never let success get to your head and never let failure get to your heart."

Ne laisse jamais le succès te monter à la tête, ni les échecs toucher ton cœur.

"Anything is possible if you've got enough nerve."

Tout est possible si vous avez suffisamment de courage.

J.K. Rowling is a very famous and successful writer. She is from Scotland. She wrote the Harry Potter books. She is very rich, and she gives a lot of money to charity.

8 BUILD

Mets les mots dans l'ordre pour reconstruire ces phrases.

a) Où est-ce qu'elle travaille, Orane ?

does | Orane | Where | work

....

b) Elle travaille dans un hôpital.

works | in | a | hospital | She

....

c) Que fait Harrison dans la vie ?

What | a | does | do | Harrison | living | for

....

....

d) Il est chauffeur de taxi.

driver | He's | taxi | a

....

9 LEARN

JOBS!

chef → chef(fe) de cuisine

electrician → électricien(ne)

fire fighter → pompier(ère)

game programmer → programmeur de jeux vidéo

hairdresser → coiffeur(euse)

lawyer → avocat(e)

sales assistant → vendeur(se)

sound engineer → ingénieur(e) son

teacher → professeur(e)

waiter → serveur

waitress → serveuse

10 PLAY

What do they do for a living?

What does Matthew do?

ⓐ He's ....

What does Sarah do?

ⓑ She's ....

What does Michael's brother do?

ⓒ He's ....

What does Emma's mother do?

ⓓ She's ....

TAKE THE QUIZ!

WOOF! WOOF!

1 SCAN & WATCH

Regarde le septième épisode !

Vidéo 7

2 MATCH

Associe chaque phrase avec sa traduction.

1. Where do you live?
2. I live in Brighton with my parents.
3. Do you have any brothers and sisters?
4. Yes, I have two brothers.
5. Do you have any pets?
6. I have a cat and a budgie.
7. Would you like to see them?
8. Yes, please!

a. Tu as des frères et sœurs ?
b. Tu as des animaux de compagnie ?
c. Où habites-tu ?
d. Tu veux les voir ?
e. J'habite à Brighton avec mes parents.
f. Oui, je veux bien !
g. Oui, j'ai deux frères.
h. J'ai un chat et une perruche.

3 FOCUS HAVE

Pour parler de ce qu'on a, de ce qu'on possède, on emploie **have**.

I have a cat.	J'ai un chat.
I don't have a dog.	Je n'ai pas de chien.

Attention à la 3ᵉ personne !

He has · She has · It has

Attention à la forme négative !

Do + not + have

I don't have a budgie.

He doesn't have a dog.

We don't have pets.

Do you have any pets?	Tu as des animaux de compagnie ?
Yes, I do.	Oui.
No, I don't.	Non.

4 BUILD

Mets les mots dans l'ordre pour reconstruire ces phrases.

a Est-ce que Mary a des frères et sœurs ?

have · and · sisters · any · brothers · Mary · Does

....

b Elle a un frère, mais pas de sœur.

has · She · brother · but · a · no sister

....

c Je n'ai pas d'animaux de compagnie.

don't · have · I · pets · any

....

d Michael a un chien.

dog · a · has · Michael

....

REMEMBER

and → et

but → mais

5 TALKING ANIMALS!

Meow!

Woof! Woof!

My cat **meows**.

My dog **barks**.

Squeak! Squeak!

Our guinea pig **squeaks**.

REMEMBER!

our = notre, nos
their = leur, leurs

Oink! Oink!

The pigs **grunt**.

Tweet! Tweet!

The little birds **twitter**.

Cock-a-doodle-doo!

Their cockerel **crows**.

Tu as remarqué que le bruit que font les petits oiseaux est aussi le nom d'une célèbre appli ?

La reine Elizabeth adore les corgis. Elle en a eu plus de 30 dans sa vie !

6 FOCUS

COMBIEN ?

How many cousins do you have?
I have one!

Combien de cousins as-tu ?
J'en ai un !

7 LEARN

What kind of pet would you like?
Quel genre d'animal de compagnie aimerais-tu avoir ?

I'd like to have...
J'aimerais avoir...

a goldfish

a guinea pig

a rabbit

a lizard

a tortoise

a canary

8 RECAP

Complète ce dialogue !

a. .... you have any .... ?
b. Yes, I .... a dog.
c. Do you have any brothers and .... ?
d. I have two brothers, but I .... have any ....
e. .... you like to see .... ?
f. Oh, yes .... !

Do – please – pets – Would – sisters – have – them – sisters – don't

TAKE THE QUIZ!

EPISODE 8

FREE TIME!

1 SCAN & WATCH

Regarde le huitième épisode !

Vidéo 8

2 MATCH

Associe chaque phrase avec sa traduction.

Do you like reading? 1	a Allons courir un jour !
Yes, I love reading! 2	b J'aime les romans policiers.
What kind of books do you like? 3	c Tu aimes quel genre de sports ?
I like detective stories. 4	d J'aime la natation.
I prefer sports. 5	e Tu aimes lire ?
What kind of sports do you like? 6	f Oui, j'adore lire !
I like swimming. 7	g Tu aimes quel genre de livres ?
Let's go running one day! 8	h Je préfère le sport.

I love listening to music!

3 FOCUS

LES GOÛTS

I **like** reading. → J'aime (bien) lire / la lecture

I **love** swimming. → J'adore nager / la natation.

I **enjoy** running. → J'aime (bien) courir / la course à pied.

LOOK!

to **read**	+ing	**reading**
to **run**	+ing	**running**
to **cycle**	+ing	**cycling**
to **shop**	+ing	**shopping**

Useful vocabulary

to **play**	→	jouer
to **do**	→	faire
to **watch**	→	regarder
to **listen to**	→	écouter

As-tu remarqué ?
swimming, shopping, running
Avec certains verbes, on double la consonne !

4 PRACTISE

What do they like doing?

ⓐ **Lily enjoys** .... **football.**

ⓑ **Bob likes** ....

5 POPULAR SPORTS!

MOST WATCHED SPORTS *les plus regardés*

USA	American football	Baseball	Ice hockey
UK	Soccer	Rugby	Cricket
FRANCE	Soccer	Rugby	Tennis

Beaucoup d'Américains sont passionnés de baseball, et le cricket remplit les stades au Royaume-Uni... alors qu'en France, ces sports sont presque inconnus ! Et si les Français adorent regarder un bon match de rugby ou de tennis, c'est plutôt le football américain et le hockey sur glace qui attirent les foules de l'autre côté de l'Atlantique !

MOST PLAYED SPORTS *les plus pratiqués*

USA	Basketball	Baseball	Soccer
UK	Swimming	Athletics	Soccer
FRANCE	Soccer	Tennis	Horse riding

TRUE OR FALSE?

1. **Tennis is the most played sport in America.**
   a. TRUE b. FALSE
2. **In the UK, cricket is popular.**
   a. TRUE b. FALSE
3. **In the US, people like playing baseball.**
   a. TRUE b. FALSE

6 LOOK

REMEMBER!

do + not + like
I/You/We/They **don't** like playing video games.

He/She **doesn't** like shopping.

Que se passe-t-il lorsqu'on ajoute **-ing** à un verbe ?

to walk
I like walking.

Seul walk (= la **base verbale**) est accentué. On entend très peu le -ing.

ÉCOUTE !

Audio 7

7 PLAY

Choisis la phrase qui convient.

a **Luke loves playing basketball.**
b **Luke hates playing basketball.**

a **Emily doesn't like texting on the phone.**
b **Emily likes texting on the phone.**

a **I like going to the cinema.**
b **I don't like going to the cinema.**

TAKE THE QUIZ!

EPISODE 9

START THE WEEK!

1 SCAN & WATCH

Regarde le neuvième épisode !

Vidéo 9

2 MATCH

Associe chaque phrase avec sa traduction.

How are you today?	1	a	J'ai faim ! Allons manger un kebab.
I'm happy, it's Friday!	2	b	Bonne idée ! J'ai soif aussi.
And tomorrow is Saturday!	3	c	Buvons un verre de jus de fruits !
I'm hungry! Let's have a kebab.	4	d	Je suis contente, on est vendredi !
Good idea ! I'm thirsty too.	5	e	Et demain c'est samedi !
Let's have a glass of juice!	6	f	Comment vas-tu aujourd'hui ?

3 CROSSWORD

Complète ces mots-croisés !

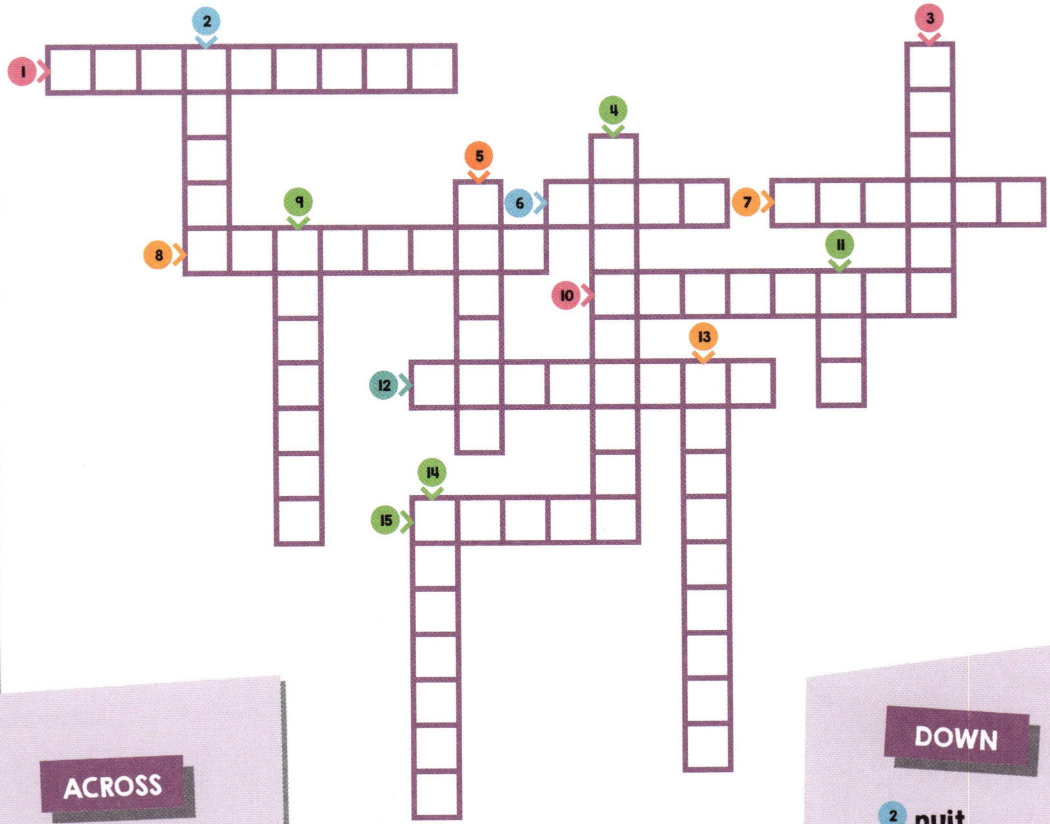

ACROSS

1 mercredi
6 semaine
7 dimanche
8 demain
10 jeudi
12 samedi
15 aujourd'hui

DOWN

2 nuit
3 vendredi
4 hier
5 lundi
9 matin
11 jour
13 après-midi
14 mardi

4 FOCUS The days of the week

It was my birthday **last** Saturday. → C'était mon anniversaire **samedi dernier**.

It was my father's birthday **on** Sunday. → C'était l'anniversaire de mon père **dimanche**.

It's my sister's birthday **on** Wednesday. → C'est l'anniversaire de ma sœur **mercredi**.

It's my mother's birthday **next** Thursday. → C'est l'anniversaire de ma mère **jeudi prochain**.

last / **on** / **next** — Monday

REMEMBER

Monday
Tuesday
Wednesday
Thursday
Friday
Saturday
Sunday

5 LEARN TO SPEAK

Regarde à nouveau la vidéo pour bien écouter !

Les jours de la semaine sont tous accentués sur la première syllabe.

Sunday, **Mon**day, **Tues**day…

Wednesday se prononce [wenzdeɪ]. Dis-le à haute voix.

Écoute pour vérifier !

Audio 8

6 PRACTISE

Complète les phrases suivantes.

It was · I'm · was · is · were

a) I .... in London last weekend.

b) .... happy today.

c) Tom .... in Brighton now.

d) .... my birthday last Saturday.

e) Tom and Anna .... here last Wednesday.

TO BE au passé

I was
You were
He was
She was
It was
We were
You were
They were

7 DISCOVER!

LET'S HAVE A DELICIOUS SUNDAY LUNCH!

En Grande-Bretagne comme en France, le repas dominical est une tradition qui est encore respectée dans beaucoup de familles. On se réunit soit à la maison, soit dans un pub pour manger un rôti avec une sélection de légumes et des sauces chaudes et froides.

vegetables

carrots

peas

cauliflower

Yorkshire pudding

sorte de pâte à chou salée qu'on fait gonfler au four et qui accompagne les viandes rôties

roasties

pommes de terre rôties au four

gravy

sauce à base de jus de viande

roast beef

rôti de bœuf

LET'S HAVE APPLE CRUMBLE AND CUSTARD FOR DESSERT!

custard

crème anglaise épaisse

... AND ON MONDAY LET'S HAVE BUBBLE AND SQUEAK!

restes de pomme de terre et de choux de Bruxelles cuits à la poêle

8 REMEMBER

To be, or not to be

I'm **hungry.** → J'ai faim.

She's **thirsty.** → Elle a soif.

Lorsqu'on parle d'une caractéristique ou d'une manière d'être, on emploie **be + adjectif** alors qu'en français on emploie **avoir + nom**.

TO BE...	AVOIR...
I'm **twelve.** →	J'ai douze ans.
I'm **cold.** →	J'ai froid.
You're **hot.** →	Tu as chaud.
He's **right.** →	Il a raison.
We're **wrong.** →	Nous avons tort.

9 SPEAK BETTER

En anglais, on accentue souvent la première syllabe des noms. Nous avons déjà vu les jours de la semaine. **MON**DAY, **TUES**DAY, ...

Audio 9

Écoute maintenant les ingrédients du repas page 52 !

Audio 10

C'est pareil pour les adjectifs !
Écoute et marque l'accent :

HUNGRY ☐ ☐

THIRSTY ☐ ☐

HAPPY ☐ ☐

TAKE THE QUIZ!

EPISODE 10

WHAT TIME IS IT?

1 SCAN & WATCH

Regarde le dixième épisode !

Vidéo 10

2 MATCH

Associe chaque phrase avec sa traduction.

The festival starts at ten o'clock. ❶	ⓐ Et à 13 h 15, il y a un barbecue.
At half past eleven there's a dance show. ❷	ⓑ Miam ! Quelle heure est-il maintenant ?
Great, we can see it before lunch. ❸	ⓒ Génial, on pourra le voir avant le déjeuner.
And at a quarter past one there's a barbecue. ❹	ⓓ Il est neuf heures moins cinq.
Yummy! What time is it now? ❺	ⓔ Le festival commence à 10 h.
It's five to nine. ❻	ⓕ À 11 h 30, il y a un spectacle de danse.

3 FOCUS DIRE L'HEURE

HALF
Pense à bien prononcer le **H**. En revanche le **L** ne se prononce pas !
Écoute !
Audio 11

It's five o'clock.
It's five a.m.
Il est cinq heures (du matin).

It's two o'clock.
It's two p.m.
Il est deux heures (de l'après-midi).

En anglais, on ne compte pas au-delà de **douze** quand on dit l'heure.

5 a.m.	3 p.m.	9 p.m.
5 o'clock in the morning	**3 o'clock in the afternoon**	**9 o'clock in the evening**
5 heures (du matin)	15 heures	21 heures

It's ten to four.
Il est quatre heures **moins** dix.

It's a quarter to eight.
Il est huit heures **moins** le quart.

It's twenty past nine.
Il est neuf heures vingt.

It's half past eleven.
Il est onze heures **et demie**.

4 DISCOVER!

Harry Potter and the Cursed Child

Cinderella

Broadway

Aladdin

The Lion King

WELCOME TO BROADWAY!

BROADWAY (littéralement, « la voie large ») est une rue très longue qui traverse la ville de New York du nord au sud. Plus de 40 théâtres présentant des pièces ou des musicals se trouvent dans la partie de Broadway qui traverse le centre de Manhattan : c'est ce qu'on appelle le **THEATER DISTRICT**. Quand un spectacle est présenté sur Broadway, on peut vraiment dire qu'il a du succès !

En anglais américain : **theater** • En anglais britannique : **theatre**

BROADWAY CHALLENGE!

Écoute ces deux amis qui prévoient d'aller voir un spectacle sur Broadway et réponds aux questions.

Audio 12

1. **John and Gary want to see *Aladdin* on Broadway.**
   - a True
   - b False
2. **The show starts at 3 p.m. and 6 p.m.**
   - a True
   - b False
3. **John has football practice on Saturday.**
   - a True
   - b False

5 CHOOSE

Choisis la réponse qui convient

1. What time is it?
- ⓐ Yes, it is.
- ⓑ It's eight o'clock.

2. There's a concert in the park.
- ⓐ Great! I love listening to music.
- ⓑ Great! I love reading.

3. What time is the show?
- ⓐ He arrives at a quarter to ten.
- ⓑ It starts at a quarter to ten.

4. It's four o'clock.
- ⓐ Oh, let's go!
- ⓑ Oh, let go!

6 PRACTISE

What time is it?

1

- ⓐ **It's five to four.**
- ⓑ **It's five past four.**

2

- ⓐ **It's six a.m.**
- ⓑ **It's six p.m.**

3

- ⓐ **It's fifteen to twelve.**
- ⓑ **It's a quarter to twelve.**

4

- ⓐ **It's seventeen and a half.**
- ⓑ **It's half past five.**

TAKE THE QUIZ!

CHEERS!

1 SCAN & WATCH

Regarde le onzième épisode !

Vidéo 11

2 MATCH

Associe chaque phrase avec sa traduction.

Would you like something to drink? ❶	ⓐ Qu'est-ce que tu veux ?
Yes, please! I'm really thirsty. ❷	ⓑ Non merci, je n'ai pas faim.
What would you like? ❸	ⓒ Tu veux manger quelque chose ?
A glass of apple juice, please. ❹	ⓓ Tu veux boire quelque chose ?
Would you like something to eat? ❺	ⓔ Un verre de jus de pomme s'il te plaît.
No thanks, I'm not hungry. ❻	ⓕ Oui, je veux bien ! J'ai vraiment soif.

3 FOCUS

PROPOSER QUELQUE CHOSE

Would you like an ice cream?
Tu veux une glace ?

Would you like to go out this afternoon?
Tu veux sortir cet après-midi ?

Yes, please!
OR
No, thanks!

Tu as envie de quelque chose ? Dis-le !
I would like (to have) a hot chocolate.
→ **I'd like (to have) a hot chocolate.**
Comme en français, on peut sous-entendre le verbe !

Fais bien la difference !

What would you like to drink?
Tu as envie de boire quoi ?

I'd like a coffee.
Je voudrais un café.
↓
tu as envie de quelque chose

What do you like to drink?
Qu'est-ce que tu aimes boire ?

I like coffee and tea.
J'aime le café et le thé.
↓
tu aimes quelque chose

4 CHOOSE

Choisis la réponse qui convient.

1. Would you like something to read?
- a Yes, please. Do you have any magazines?
- b I like detective stories.

2. What do you like doing at the weekend?
- a No, thanks.
- b I like playing football.

3. What would you like to eat?
- a I like kebabs.
- b I'd like a kebab, please.

4. I'd like a glass of orange juice, please.
- a Here you are!
- b I don't like orange juice.

5 DISCOVER!

LE CRANACHAN

Le **cranachan** est le dessert écossais le plus célèbre.
Il est constitué de couches de framboises, de crème fouettée et d'avoine grillé.

ET C'EST SUPER SIMPLE À PRÉPARER !

Comment ça se prononce ?

Audio 13

LET'S DO IT!

Ingredients

100 grams of oatmeal

honey

sugar

350 ml of cream

350 grams of fresh raspberries

1. Préchauffe le four à 180°.
2. Fais griller l'avoine pendant 15 minutes.
3. Fouette la crème et ajoute le miel.
4. Écrase les framboises et ajoute le sucre. N'oublie pas de garder quelques framboises pour la déco !
5. Remplis 4 verrines en créant des couches alternées de crème et de framboises.

6 FOCUS

DEMANDER SI ON PEUT AVOIR QUELQUE CHOSE

Can I have an ice cream, please?

Je peux avoir une glace, s'il te plaît ?

Et n'oublie jamais **PLEASE** !

7 SAY IT

Dans les mots suivants, les lettres **ea se prononcent i**. Ce « i » est plutôt long.

please **tea** **to eat** **cream**

Écoute les mots plusieurs fois et répète-les.

Audio 14

Mais attention, **ea** peut se prononcer d'autres manières aussi. Observe cette fleur et écoute !

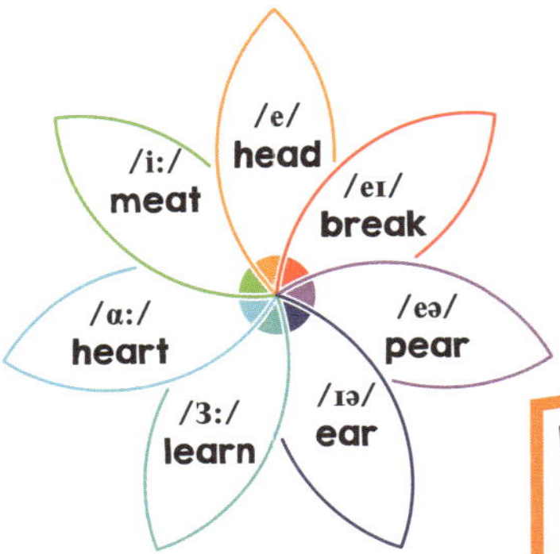

Audio 15

8 RECAP

Complète ce dialogue !

a .... you .... something to eat, Patrick?

b Yes, ... I'm really ....

c .... would you like?

d .... I have a pizza, please?

e Of course. Would you like .... to .... ?

f I'm not very .... , but .... like a coffee.

Would · thirsty · like · please · hungry · What · Can · I'd · something · drink

TAKE THE QUIZ!

WHERE IS IT?

1 SCAN & WATCH

Regarde le douzième épisode !

Vidéo 12

2 MATCH

Associe chaque phrase avec sa traduction.

Where's my phone? ❶	ⓐ Où es-tu ? Tu es chez toi ?
It's under the table, by your foot. ❷	ⓑ Ils sont dehors, dans le jardin.
I can't find my keys! ❸	ⓒ Non, je suis au collège.
They're in your pocket. ❹	ⓓ Il est sous la table, à côté de ton pied.
Where are your friends? ❺	ⓔ Je ne trouve pas mes clés !
They're outside in the garden. ❻	ⓕ Où sont tes amis ?
Where are you? Are you at home? ❼	ⓖ Elles sont dans ta poche.
No, I'm at school. ❽	ⓗ Où est mon téléphone ?

3 FOCUS

SITUER LES OBJETS ET LES PERSONNES

Where's my phone? **It's...**

Où est mon téléphone ?

in
my schoolbag

on
my schoolbag

behind
my schoolbag

in front of
my schoolbag

under
my schoolbag

next to
my schoolbag

Where are my glasses?

They're between my books and my laptop.

next to
my schoolbag
=
by my schoolbag

4 DISCOVER! FAMOUS LONDON LANDMARKS

The London Eye

L'Œil de Londres est une immense grande roue au bord de la Tamise qui offre des vues spectaculaires sur la ville.

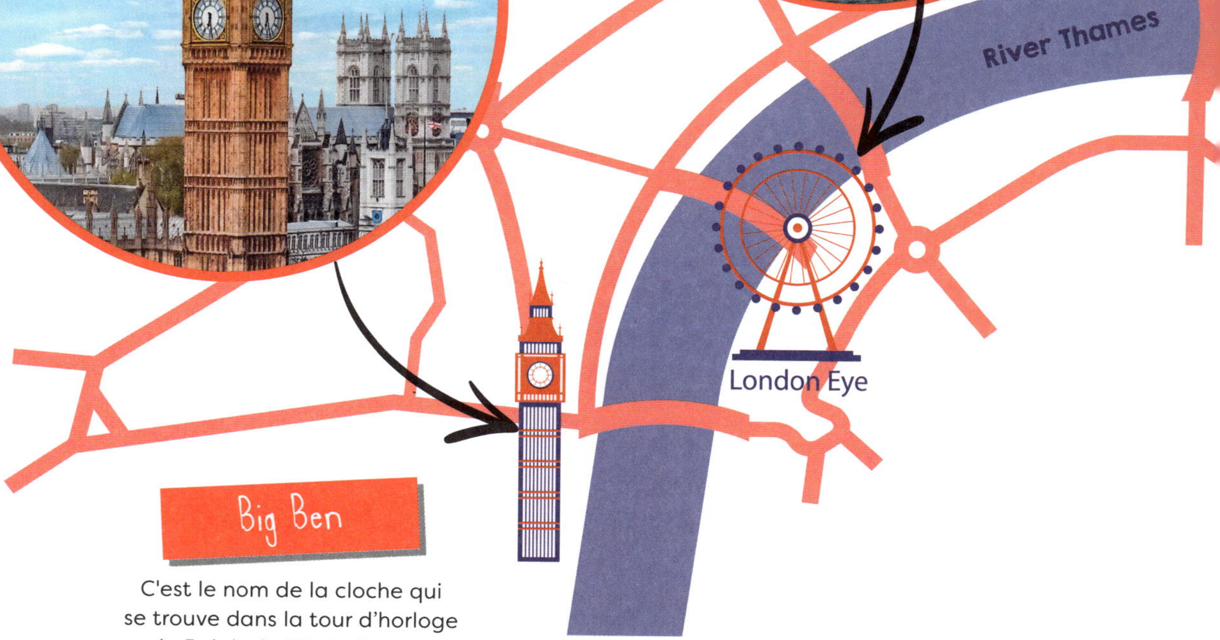

Big Ben

C'est le nom de la cloche qui se trouve dans la tour d'horloge du Palais de Westminster... mais tout le monde appelle ainsi la tour elle-même !

The Gherkin

Cet immeuble de bureaux a une drôle de forme : on le surnomme Le Cornichon !

Tower Bridge

Construit au XIXe siècle, ce magnifique pont se lève en son milieu pour laisser passer les gros bateaux.

5 LONDON CHALLENGE

Mets les lettres dans l'ordre pour retrouver le nom qui correspond à chaque description !

a. **This attraction is next to the Thames.**
HET NONLOD YEE

....

b. **Boats go under it.**
ROTEW GIBDRE

....

6 CHOOSE

Choisis la réponse qui convient

1. Where are my keys?

- ⓐ It's in your pocket.
- ⓑ They're in your pocket.

2. Where's the cat?

- ⓐ No, I don't.
- ⓑ I don't know.

3. Where's your phone?

- ⓐ It's behind the TV.
- ⓑ It's in the TV.

4. I can't find my glasses!

- ⓐ Look! He's under the table.
- ⓑ Look! They're under the table.

7 LOOK

BE...	ÊTRE...
at school	à **l'école**
at work	au **travail**
in hospital	à **l'hôpital** (pour y être soigné)
in London	à **Londres**
at home	à **la maison**

GO...	ALLER...
to school	à **l'école**
to work	au **travail**
to hospital	à **l'hôpital** (pour y être soigné)
to London	à **Londres**
home	à **la maison**

GO est toujours suivi de **TO**, sauf avec HOME !

to go to school

to go home

8 SAY IT

LA PRONONCIATION DE TH

Audio 16

Il y a deux façons de prononcer **TH**.
Écoute la différence !

θ	ð
three	**th**ere
think	**th**is
thirty	**th**at
theatre	**th**ose

Apprends à prononcer **TH** !

Observe bien la place de la langue en regardant cette vidéo !

Oui, tu as le droit de tirer la langue !

Mais n'oublie pas : le **TH** de **Thames** se prononce comme un simple **T** !

Thames = [temz]

9 RECAP

Complète ce dialogue !

a Let's go .... London!

b I can't .... my phone!

c .... your pocket!

d And where .... my glasses?

e .... the couch.

They're · in · on · It's · to · find · are

TAKE THE QUIZ!

WHAT DO YOU DO?

1 SCAN & WATCH

Regarde le treizième épisode !

Vidéo 13

2 MATCH

Associe chaque phrase avec sa traduction.

1. What do you do during the week?
2. I go to work.
3. Do you walk to work?
4. No, I usually take the bus.
5. I sometimes go shopping.
6. Do you cook at the weekend?
7. No, I never cook. I don't like cooking.

a. Je vais au travail.
b. Non, je prends le bus en général.
c. Je vais parfois faire des courses.
d. Tu cuisines pendant le week-end ?
e. Non, je ne cuisine jamais. Je n'aime pas faire la cuisine.
f. Que fais-tu pendant la semaine ?
g. Tu vas au travail à pied ?

3 FOCUS

LES HABITUDES

I watch TV every day. → Je regarde la télé tous les jours.

Kevin sometimes goes to the gym. → Kevin va parfois à la salle de sport.

We often drink lemonade at Grandma's house. → Nous buvons souvent de la limonade chez grand-mère.

Watch, **goes** et **drink** sont des verbes conjugués au **présent simple**, qui est employé pour parler de choses qu'on fait **habituellement** (ou qu'on ne fait jamais).

LA FRÉQUENCE

never → jamais
sometimes → parfois
usually → d'habitude
often → souvent
always → toujours

Note la position de l'adverbe de fréquence : **entre le sujet et le verbe** !

I always watch TV at night.

N'oublie pas le s à la fin du verbe à la 3e personne du singulier !

I play → She plays

4 BUILD

Mets les phrases dans l'ordre pour reconstruire ces phrases !

❶ Sarah va souvent au collège à pied. walks | Sarah | school | to | often

....

❷ Je ne lis jamais dans le bus. read | never | I | bus | the | on

....

❸ Nous regardons toujours la télé à la maison. home | always | we | watch | TV | at

....

5 DISCOVER! MY DAY AT SCHOOL... IN THE USA!

Here's my school day!

This yellow bus is so American!

At 8 a.m. I take the school bus.

At 8:45 a.m. we recite the Pledge of Allegiance together.

This is our math teacher, Mr Johnson. My favorite subject is math.

At twelve o'clock, we have our lunch.

We keep our books in our lockers.

Don't touch my locker!

I love working with Emma, she's my BFF.

We sometimes have study hall.

We love doing sports at school!

I love American football but my sister prefers soccer!

6 FOCUS

LA FORME INTERROGATIVE

Do you walk to school?
Est-ce que tu vas au collège à pied ?

Does Sarah walk to school?
Est-ce que Sarah va au collège à pied ?

Do		you		like soccer?
Do/does	+	sujet	+	base verbale

N'oublie pas !
Do devient **does**
à la 3e personne !

7 PRACTISE

Mets les phrases à la forme interrogative.

1. **You play video games.**

……………………………………………………………………………………

2. **John takes the bus every day.**

……………………………………………………………………………………

3. **Sarah likes playing soccer.**

……………………………………………………………………………………

LOOK!

Do you like horror movies?

Yes, I do. **No, I don't.**

Pour répondre *oui* ou *non* à une question, on dit **Yes** ou **No**,
mais on ajoute le sujet et l'auxiliaire ! C'est plus poli !

8 FOCUS

LA FORME NÉGATIVE

I don't walk to school.
Je ne vais pas au collège à pied.

Sarah doesn't walk to school.
Sarah ne va pas au collège à pied.

I	don't	walk
Do/does +	**not** +	base verbale

N'oublie pas !
Do devient **does**
à la 3e personne !

9 PRACTISE

Mets les phrases à la forme interrogative.

1. **Her parents like video games.**

   ....
   ....

2. **Michael goes to school by bus.**

   ....
   ....

3. **My sister plays soccer every day.**

   ....
   ....

10 RECAP

Complète ce dialogue !

a. **What** .... **you do during the week?**

b. **I** .... **to school.**

c. **Do you** .... **to** ....**?**

d. **No, I** .... **the bus.**

school – go – do – walk – take

TAKE THE QUIZ!

I'M HUNGRY!

1 SCAN & WATCH

Regarde le quatorzième épisode !

Vidéo 14

2 MATCH

Associe chaque phrase avec sa traduction.

I'm hungry, let's eat here! ❶	ⓐ J'ai déjà mangé des escargots.
This restaurant is expensive. ❷	ⓑ Je ne suis jamais venu(e) ici.
It's my treat! ❸	ⓒ Je n'ai jamais mangé d'escargots.
Have you been to this restaurant before? ❹	ⓓ Ce restaurant est cher.
I've never been here before. ❺	ⓔ C'est moi qui t'invite !
I've never eaten snails. ❻	ⓕ J'ai faim, allons manger ici !
I've eaten snails before. ❼	ⓖ Tu es déjà venu(e) dans ce restaurant ?

3 BUILD

Mets les mots dans l'ordre pour reconstruire ces phrases.

a J'ai déjà mangé des cuisses de grenouilles.

before | I've | eaten | frogs' legs

....

b Tu es déjà allé en Angleterre ?

been | ever | you | to | Have | England

....

c Regarde ! Ils ont des burgers !

burgers | have | They | Look

....

4 LOOK

-Have you been here before?
-Yes, I have.

– Tu es déjà venu(e) ici ?
– Oui.

-Have you ever made a cheesecake?
-No, I haven't.

– Tu as déjà fait un cheese-cake ?
– Non.

I've eaten ostrich before, but I've never tasted crocodile meat.

J'ai déjà mangé de l'autruche, mais je n'ai jamais goûté à la viande de crocodile.

Anna has never been to China.

Anna n'est jamais allée en Chine.

5 FOCUS

LE PRESENT PERFECT

I have been..., I have eaten..., Have you seen...?
sont des exemples du present perfect.
Le **present perfect** nous permet de parler de ce qu'on a **déjà fait** ou de ce qu'on n'a **jamais fait** dans la vie.

sujet → **I** + auxiliaire conjugué → **have / has** + verbe au participe passé → **eaten**

Utilise-le pour parler de tes expériences.

I've been to London three times.
Je suis allé(e) à Londres trois fois.

I've eaten snails lots of times.
J'ai mangé des escargots plein de fois.

À la forme interrogative

Have you ever been to London?
Es-tu déjà allé(e) à Londres ?

À la forme négative

I've never eaten snails.
Je n'ai jamais mangé d'escargots.

6 PRACTISE

Relie chaque verbe à son participe passé.

COME	1	a	said
SEE	2	b	made
HAVE	3	c	eaten
BE	4	d	been
EAT	5	e	had
SAY	6	f	seen
MAKE	7	g	come

Les verbes les plus fréquemment employés en anglais sont irréguliers. Il faut les apprendre par cœur !

LES PARTICIPES PASSÉS À RETENIR

to be →	been	to go →	gone
to eat →	eaten	to get →	got
to see →	seen	to make →	made
to have →	had	to take →	taken
to give →	given	to tell →	told

7 CHOOSE

Choisis la réponse qui convient.

1. I've never said this before, but I really like you.
- a Oh, I don't like you either.
- b Oh, I like you too!

2. Have you ever eaten sushi?
- a Yes, I have.
- b Yes, I have already eaten.

3. Have you ever been to this café before?
- a No, I've never been here before.
- b No, I was not here.

4. Wow! This restaurant is very expensive!
- a That's OK, I invite you!
- b That's OK, it's my treat!

5. I've eaten snails before.
- a Really? Did you like them?
- b Really? Have you liked them?

6. I'm thirsty!
- a Drink some water!
- b Eat some bread!

8 **DISCOVER!**

FOOD FROM AROUND THE COMMONWEALTH

Le Commonwealth est une organisation internationale dont les pays membres sont presque tous d'**anciens territoires de l'Empire britannique**. Ces **53 pays** sont aujourd'hui **indépendants**, mais ils gardent des liens culturels forts avec la Grande-Bretagne.

Nanaimo bars

Ce dessert très gourmand est composé de trois couches : une base croquante contenant des noix et de la noix de coco, une couche de crème à la vanille et une couche de chocolat.

Thali

Assortiment d'une dizaine de spécialités, souvent végétariennes, généralement servies dans des petits pots en métal.

Jollof rice

Riz à la tomate avec un mélange d'épices, le plus souvent servi avec du poulet.

Pavlova

Couronne de meringue garnie de fruits et de crème fouettée. Croquante à l'extérieur et moelleuse à l'intérieur ! Elle porte le nom de la danseuse classique russe pour qui elle a été inventée.

9 JACK'S DINNER

Jack veut impressionner Sophia en lui préparant un bon repas. Aide-le à associer les bons aliments entre eux.

a .... **with** ....

b .... **with** ....

c .... **and** ....

d .... **with** ....

chicken · salmon · fish · prawns · rice · chips · mashed potato · peas

TAKE THE QUIZ!

EPISODE 15

WHAT DID YOU DO?

1 SCAN & WATCH

Regarde le quinzième épisode !

Vidéo 15

2 MATCH

Associe chaque phrase avec sa traduction.

What did you do on Saturday? ❶	ⓐ C'était bien ?
I went to the cinema with Jack. ❷	ⓑ Vous avez vu quoi ?
What did you see? ❸	ⓒ Je suis allée au cinéma avec Jack.
We saw a science-fiction film. ❹	ⓓ Non, ça ne m'a pas plu.
Was it good? ❺	ⓔ On a vu un film de science-fiction.
No, I didn't like it. ❻	ⓕ Qu'est-ce que tu as fait samedi ?

3 FOCUS LE PRÉTÉRIT

Verbes réguliers

I watched TV at the weekend.
J'ai regardé la télé pendant le week-end.

Kevin played football yesterday.
Kevin a joué au foot hier.

Le **prétérit** sert à parler du **passé**. Avec les verbes **réguliers** comme **watch** et **play**, il suffit d'ajouter **-ed**.

Verbes irréguliers

We went to the cinema on Saturday.
Nous sommes allés au cinéma samedi.

He said no.
Il a dit non.

went et **said** sont les formes au prétérit des verbes irréguliers **go** et **say**.

to come	**I came**	Je suis venu(e)
to do	**I did**	J'ai fait
to go	**He went**	Il est allé
to make	**She made**	Elle a fait
to know	**They knew**	Ils/Elles ont su
to think	**We thought**	Nous avons pensé

FAIS BIEN LA DIFFÉRENCE !

Prétérit

C'est le passé et l'action est datée.

I went to Paris in October.
Je suis allé(e) à Paris en octobre.

Present perfect

Je fais le bilan et les actions ne sont pas datées.

I've been to Paris three times.
Je suis allé(e) à Paris trois fois [dans ma vie].

4 DISCOVER!

HOLLYWOOD HERE WE COME!

Hollywood est un quartier qui domine la ville de Los Angeles, en Californie. Les plus prestigieux studios de cinéma se sont installés à Hollywood, qui est le symbole du cinéma américain depuis plus d'un siècle !

It was a silent movie! And black and white of course!

Le premier film tourné à Hollywood date de 1908 ! Il s'agit de ***The Count of Monte Cristo***.

Quel acteur ou actrice de cinéma ne rêve pas de voir son nom inscrit sur le trottoir de **Hollywood Boulevard** ?

It's called The walk of Fame!

C'est la promenade de la célébrité !

The letters are very big!

À l'origine, la fameuse enseigne sur les hauteurs de Hollywood était une publicité pour un tout nouveau quartier en construction qui s'appelait Hollywoodland.

Look at that funny yellow car!

La cérémonie de remise des Oscars se tient chaque année au Dolby Theatre à Hollywood.

What kind of films do you like?

Adventure
Western
Romantic comedy
Horror
Science fiction
Fantasy
Animation

5 FOCUS

LA FORME INTERROGATIVE AU PASSÉ

BE

Were you at school yesterday?
Tu étais au collège hier ?

Was he tired?
Est-ce qu'il était fatigué ?

AVEC LES AUTRES VERBES

Did + sujet + base verbale ?

Did you go to school yesterday?
Est-ce que tu es allé(e) au collège hier ?

6 ASK QUESTIONS

Mets ces phrases à la forme interrogative.

1. **Andrew liked the film.**

   ....

2. **Karen was tired.**

   ....

3. **The children played tennis.**

   ....

7 BUILD

Mets les mots dans l'ordre pour reconstruire ces phrases.

1. Sarah est allée au collège à pied ce matin.

   walked | this | Sarah | to | morning | school

   ....

2. Mes amis ont joué à des jeux vidéo hier.

   video games | friends | played | My | yesterday

   ....

8 FOCUS — LA FORME NÉGATIVE AU PASSÉ

BE

sujet + **was/were** + **not**

I wasn't tired.
Je n'étais pas fatigué(e).

AVEC LES AUTRES VERBES

sujet + **did not** + base verbale

I didn't like the film (that I watched last night).
Je n'ai pas aimé le film (que j'ai regardé hier soir).

9 SAY NO!

Mets ces phrases à la forme négative.

1. **Jerry was hungry.**
   ………………………………………………………………………….
2. **David's friends came to the party.**
   ………………………………………………………………………….
3. **Harry went to London.**
   ………………………………………………………………………….

10 RECAP

Complète ce dialogue !

a. **What** …………… **you do yesterday?**
b. **I** …………… **to school.**
c. **Did you** …………… **to school?**
d. **No, I** …………… **walk. I** …………… **the bus.**
e. **Did** …………… **play tennis?**
f. **Yes, I** …………… **with Alison.**

played · went · did · took · walk · didn't · you

TAKE THE QUIZ!

INTO THE FUTURE!

1 SCAN & WATCH

Regarde le seizième épisode !

Vidéo 16

2 MATCH

Associe chaque phrase avec sa traduction.

I have to go to Tokyo. ❶	ⓐ Tu vas me manquer !
Oh, I'll be sad! ❷	ⓑ Je serai de retour dans trois semaines.
Don't worry, I'll text you every day. ❸	ⓒ Je dois aller à Tokyo.
When will you be back? ❹	ⓓ Quand seras-tu de retour ?
I'll be back in three weeks. ❺	ⓔ Oh, je vais être triste !
I'll miss you! ❻	ⓕ Ne t'inquiète pas, je t'enverrai des SMS tous les jours.

3 FOCUS

LE FUTUR AVEC WILL

I'll call you at the weekend.
Mum will be happy to see you.
He'll take the train.

Le futur avec **will** s'emploie pour parler d'un **avenir** dont on est **certain ou quasi certain**.

LOOK!

sujet +	will	+ base verbale		
I	**will**	**go**	→	**I'll go**
She	**will**	**say**	→	**She'll say**

4 PRACTISE

Mets les mots dans l'ordre pour reconstruire ces phrases.

1. Tu seras fatigué(e) demain. tired / You / be / tomorrow / 'll

   ....

2. Je t'appellerai plus tard. you / will / call / I / later

   ....

3. Elle ira à Liverpool bientôt. Liverpool / She / go / to / 'll / soon

   ....

4. On regardera un film ce soir. watch / We / this / evening / a / film / will

   ....

5 FOCUS

LA FORME NÉGATIVE

I won't be late. → Je ne serai pas en retard.

They won't play football on Sunday. → Ils ne joueront pas au foot samedi.

LOOK!

sujet + **will not** + base verbale

I	**will not**	**go**	→	**I won't go**
She	**will not**	**work**	→	**She won't work**

6 PRACTISE

Mets ces phrases à la forme négative.

a. **They'll be here next week.** → ....

b. **George will take the bus.** → ....

c. **I'll go with you.** → ....

d. **Dad will be happy.** → ....

7 FOCUS

LA FORME INTERROGATIVE

Will you take the bus? Est-ce que tu prendras le bus ?

Will he come with us? Est-ce qu'il viendra avec nous ?

LOOK!

Will + sujet + base verbale

Will	**she**	**go?**
Will	**he**	**work?**

8 DISCOVER!

LET'S TRAVEL INTO THE FUTURE!

Conseils de lecture !

Envie d'un petit (ou grand) voyage dans le temps ?
Voici trois livres en anglais pour les jeunes **time travellers** avertis !

FORTUNATELY, THE MILK
Neil Gaiman

Un père de famille sort acheter une brique de lait et vit de drôles d'aventures dans l'espace et dans le temps… sans en perdre une seule goutte !

PENDRAGON
JOURNAL OF AN ADVENTURE THROUGH TIME AND SPACE
D. J. MacHale

Bobby Pendragon voyage dans le temps à la rencontre de civilisations en danger. Voici son journal de bord !

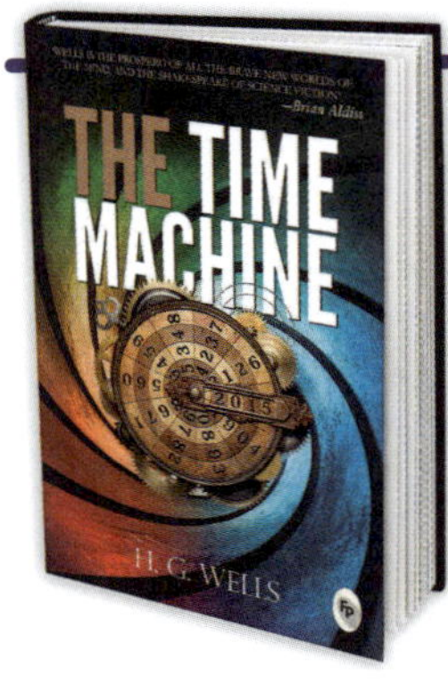

THE TIME MACHINE
H. G. Wells

Découvre ce grand classique de la littérature anglaise qui nous emmène dans la quatrième dimension aux manettes d'une machine incroyable.

TAKE THE QUIZ!

Attention !
time = **le temps** [qu'on mesure avec une horloge]
the time = **l'heure**
the weather = **le temps** [la météo]

WHAT ARE YOU DOING?

1 SCAN & WATCH

Regarde le dix-septième épisode !

Vidéo 17

2 MATCH

Associe chaque phrase avec sa traduction.

What are you doing? 1	a Je lis mon livre.
I'm eating a sandwich. 2	b Et toi ?
How about you? 3	c Qu'est-ce qu'elle fait, Anna ?
I'm reading my book. 4	d Qu'est-ce que tu fais ?
What's Anna doing? 5	e Elle regarde la télé.
She's watching TV. 6	f Quel temps fait-il ?
What's the weather like? 7	g Il pleut !
It's raining! 8	h Je mange un sandwich.

3 FOCUS

LE PRÉSENT EN BE + -ING

What are you doing?
Que fais-tu **[en ce moment]** ?

I'm working.
Je travaille.

Le présent en be + -ing s'emploie pour parler de ce qui se passe **en ce moment même**.

Tu peux aussi utiliser ce présent pour parler de quelque chose qui est prévu dans le futur. Il te suffit d'ajouter un marqueur temporel comme **tomorrow** ou **next week** !

He's playing tennis tomorrow. → Il joue au tennis demain.

LOOK!

sujet +	**be** au présent +	V + **-ing**
I	**am**	**reading.**
She	**is**	**walking.**
We	**are**	**watching TV.**

Ne confonds pas le présent simple (**épisode 13**) et le présent en **be** + V-**ing**.

I go to school every day.
Je vais au collège tous les jours.

I'm going to school.
Je vais au collège [maintenant : je suis en route].

4 BUILD

Mets les mots dans l'ordre pour reconstruire ces phrases.

a Tu vas où ? — you / going / Where / are

....

b Je vais au supermarché. — going / to / supermarket / I / the / 'm

....

c Qu'est-ce qu'elle fait [là, en ce moment] ? — she / What / doing / is

....

5 DISCOVER! WELCOME TO NEW ZEALAND!

La Nouvelle-Zélande est principalement constituée de deux grandes îles, **North Island** et **South Island**.

À l'inverse de la France, il fait plus chaud dans le Nord que dans le Sud de la Nouvelle-Zélande. Pourquoi ? Parce que le pays est dans **l'hémisphère sud** !

Le **kiwi** est un étrange oiseau nocturne, incapable de voler, qui vit en Nouvelle-Zélande. Il est devenu un symbole du pays, à tel point que les Néo-Zélandais se surnomment les « kiwis ».

La capitale, **Wellington**, se trouve à 19 000 kilomètres de Paris !

La population de la Nouvelle-Zélande est de **3,8 millions** de personnes… et il y a **40 millions** de moutons !

NEW ZEALAND CHALLENGE

1. Comment s'appelle la célèbre équipe de rugby de la Nouvelle-Zélande ?

   a. The Kiwis

   b. The All Blacks

2. Comment s'appelle le peuple polynésien qui vivait déjà en Nouvelle-Zélande bien avant l'arrivée des Occidentaux ?

   a. Les Maoris

   b. Les Maures

6 FOCUS

What's the weather like?
Quel temps fait-il ?

The sun is shining.
Il y a du soleil.

It's cloudy.
Il y a des nuages.

It's raining.
Il pleut.

It's windy.
Il y a du vent.

It's snowing.
Il neige.

It's hot.
Il fait chaud.

It's cold.
Il fait froid.

The weather is nice in Auckland today!

LOOK!

It rains a lot in Scotland.
Il pleut beaucoup en Écosse.

It's raining in Scotland.
Il pleut en Écosse
[en ce moment].

It snows in winter.
Il neige en hiver.

It's snowing outside.
Il neige dehors.

7 DATE CHALLENGE

Remember!

The Months of the year

Les mois s'écrivent toujours avec une majuscule !

JANUARY

Su	Mo	Tu	We	Th	Fr	Sa
		1	2	3	4	5
6	7	8	9	10	11	12
13	14	15	16	17	18	19
20	21	22	23	24	25	26
27	28	29	30	31		

FEBRUARY

Su	Mo	Tu	We	Th	Fr	Sa
					1	2
3	4	5	6	7	8	9
10	11	12	13	14	15	16
17	18	19	20	21	22	23
24	25	26	27	28		

MARCH

Su	Mo	Tu	We	Th	Fr	Sa
					1	2
3	4	5	6	7	8	9
10	11	12	13	14	15	16
17	18	19	20	21	22	23
24	25	26	27	28	29	30
31						

APRIL

Su	Mo	Tu	We	Th	Fr	Sa
	1	2	3	4	5	6
7	8	9	10	11	12	13
14	15	16	17	18	19	20
21	22	23	24	25	26	27
28	29	30				

MAY

Su	Mo	Tu	We	Th	Fr	Sa
			1	2	3	4
5	6	7	8	9	10	11
12	13	14	15	16	17	18
19	20	21	22	23	24	25
26	27	28	29	30	31	

JUNE

Su	Mo	Tu	We	Th	Fr	Sa
						1
2	3	4	5	6	7	8
9	10	11	12	13	14	15
16	17	18	19	20	21	22
23	24	25	26	27	28	29
30						

JULY

Su	Mo	Tu	We	Th	Fr	Sa
	1	2	3	4	5	6
7	8	9	10	11	12	13
14	15	16	17	18	19	20
21	22	23	24	25	26	27
28	29	30	31			

AUGUST

Su	Mo	Tu	We	Th	Fr	Sa
				1	2	3
4	5	6	7	8	9	10
11	12	13	14	15	16	17
18	19	20	21	22	23	24
25	26	27	28	29	30	31

SEPTEMBER

Su	Mo	Tu	We	Th	Fr	Sa
1	2	3	4	5	6	7
8	9	10	11	12	13	14
15	16	17	18	19	20	21
22	23	24	25	26	27	28
29	30					

OCTOBER

Su	Mo	Tu	We	Th	Fr	Sa
		1	2	3	4	5
6	7	8	9	10	11	12
13	14	15	16	17	18	19
20	21	22	23	24	25	26
27	28	29	30	31		

NOVEMBER

Su	Mo	Tu	We	Th	Fr	Sa
					1	2
3	4	5	6	7	8	9
10	11	12	13	14	15	16
17	18	19	20	21	22	23
24	25	26	27	28	29	30

DECEMBER

Su	Mo	Tu	We	Th	Fr	Sa
1	2	3	4	5	6	7
8	9	10	11	12	13	14
15	16	17	18	19	20	21
22	23	24	25	26	27	28
29	30	31				

The seasons

- Spring
- Summer
- Autumn
- Winter

Regarde le calendrier et retrouve le jour correspondant !

For example:
It's the second of February.
→ **It's Saturday.**

1. **It's the twenty-first of September.**
   It's ....
2. **It's the fifth of April.**
   It's ....

N'oublie pas de mettre **THE** devant le nombr ordinal !

REMEMBER

Souviens-toi que pour la date tu auras besoin des nombres ordinaux !

1st	first	8th	eighth	15th	fifteenth
2nd	second	9th	ninth	20th	twentieth
3rd	third	10th	tenth	21st	twenty-first
4th	fourth	11th	eleventh	22nd	twenty-second
5th	fifth	12th	twelfth	25th	twenty-fifth
6th	sixth	13th	thirteenth	30th	thirtieth
7th	seventh	14th	fourteenth	31st	thirty-first

8 FOCUS Can et can't

Le verbe **can** exprime **la capacité**.

I	can	speak English.
sujet +	can	+ base verbale

- À la forme négative, on ajoute **not** : **cannot (can't)**

Fiona can't swim. → Fiona ne sait pas nager.

- Dans les questions, **can** précède le sujet.

Can you dance? → Tu sais danser ?

Can exprime aussi **la permission**.

Can I go out, Mum?
Je peux sortir, maman ?

No, you can't!
Non !

9 PRACTISE

Relie chaque phrase à la bonne image.

1 

2 

3 

4 

a **You can't park here.**
b **It can run very fast.**
c **It can't fly.**
d **Noah can play the guitar.**

TAKE THE QUIZ!

EPISODE 18

SHOW ME YOUR HOUSE!

1 SCAN & WATCH

Regarde le dix-huitième épisode !

Vidéo 18

2 MATCH

Associe chaque phrase avec sa traduction.

Show me your house! ❶	ⓐ Est-ce qu'il y a un jardin ?
Look, there's a big living room! ❷	ⓑ Il y a deux salles de bain.
How many bathrooms are there? ❸	ⓒ Montre-moi ta maison !
There are two bathrooms. ❹	ⓓ Oui, il y a un grand jardin.
Is there a garden? ❺	ⓔ Regarde, il y a un grand salon !
Yes, there's a big garden. ❻	ⓕ Il y a combien de salles de bain ?

3 FOCUS

DÉCRIRE UN LIEU

There's a park behind my flat. → Il y a un parc derrière mon appartement.

There are two lakes in the park. → Il y a deux lacs dans le parc.

LOOK!

There is... > There's... → Il y a... ← *en parlant d'une seule chose*

There are... → Il y a... ← *en parlant de plusieurs choses*

Is there...? Are there...? → Est-ce qu'il y a... ?

AU PASSÉ

There was... → Il y avait...

There were... → Il y avait...

Was there...? Were there...? → Est-ce qu'il y avait... ?

4 PRACTISE

1. **Is there a lake in the picture?**
   - a Yes, there is.
   - b No, there isn't.

2. **Were there mobile phones in 1960?**
   - a Yes, there were.
   - b No there weren't.

5 DISCOVER! WHERE DOES THE QUEEN LIVE?

Look! There's a flag. The Queen is at home!

BUCKINGHAM PALACE
Ce vaste palais est la résidence officielle de la Reine à Londres.

There are 1,000 rooms in Windsor Castle!

WINDSOR CASTLE
Le plus grand et le plus vieux château encore habité au monde, près de Londres. La Reine y passe souvent ses week-ends.

SANDRINGHAM HOUSE
Dans cette grande demeure à la campagne, la reine prononce un discours télévisé adressé à tout son royaume le jour de Noël (**The Royal Christmas Message**).

There's a very big garden behind Sandringham House!

There are beautiful mountains and lakes near Balmoral.

BALMORAL
Ce château écossais est entouré d'une nature sauvage. La Reine adore s'y promener avec ses chiens.

6 FOCUS

Combien ?

How much...? How many...?

How much is this t-shirt? →	Combien coûte ce t-shirt ?
How much sugar do you want? →	Tu veux combien de sucre ?
How many bathrooms are there? →	Il y a combien de salles de bain ?
How many brothers does she have? →	Elle a combien de frères ?

Pour demander combien coûte quelque chose, ou quand la réponse attendue est une **quantité** (un litre, un kilo, un petit peu...), on emploie **How much?**.

Quand la réponse attendue est un **nombre** (un mouton, deux enfants, trois salles de bain), on emploie **How many?**.

Le nom qui suit **How much?** est **toujours** au singulier !

How much sugar is there?
Combien de sucre y a-t-il ?

Le nom qui suit **How many?** est **toujours** au pluriel !

How many children are there?
Combien d'enfants y a-t-il ?

7 PRACTISE

Complète les questions et relie-les aux réponses.

………… **is this bag?** ❶	ⓐ **I think she has four or five!**
………… **bedrooms are there in your flat?** ❷	ⓑ **Eleven pounds fifty.**
………… **sugar would you like?** ❸	ⓒ **There are three.**
………… **dogs does the Queen have?** ❹	ⓓ **Just a little bit, please.**

TAKE THE QUIZ!

BETTER THAN BEFORE!

1 SCAN & WATCH

Regarde le dix-neuvième épisode !

Vidéo 19

2 MATCH

Associe chaque phrase avec sa traduction.

My house is smaller than Jack's house. 1	a Elle est mieux que leur maison !
But it's bigger than our flat! 2	b C'est plus sympa que le centre-ville.
And it's more modern! 3	c Ma maison est plus petite que celle de Jack.
Is the neighbourhood nice? 4	d Et elle est plus moderne !
It's nicer than the town centre. 5	e Et c'est moins cher.
And it's less expensive. 6	f Le quartier est sympa ?
It's better than their house! 7	g Mais elle est plus grande que notre appartement !

3 FOCUS

La comparaison

- Avec la plupart des adjectifs de **plus d'une syllabe** (**stupid**, **dangerous**, **interesting**, **expensive**...), on emploie :

more + adjectif + **than** ...
plus + adjectif + que...

Video games are more interesting than TV.
Les jeux vidéo sont plus intéressants que la télé.

As-tu remarqué ?
big + **er** = bi**gg**er
Avec certains adjectifs, on double la consonne !

- Quand l'adjectif n'a qu'**une seule syllabe** (**big**, **small**, **cheap**...) :

adjectif + er + **than** ...
small + er = **small**er **than** ...
cheap + er = **cheap**er **than** ...

I'm older than my brother.
Je suis plus vieux que mon frère.

Your house is bigger than mine.
Ta maison est plus grande que la mienne.

4 RECAP

Complète ce petit texte !

a **My house is** .... **than Tom's house.**

b **But it's in a** .... **neighbourhood and it's more** ....

c **The neighbourhood is less** .... **than the town** ....

d **I think it's better** .... **my old house!**

centre | smaller | nicer | modern | than | expensive

5 SPELLING TIP

Pour former le comparatif, quand l'adjectif se termine en **y**, on ajoute **-er** et le **y** se transforme en **i** !

happy → **happier**

pretty → **prettier**

REMEMBER

cheap → bon marché, pas cher

cheaper → moins cher

more expensive → plus cher

good → **better**

It's better than before.
C'est mieux/meilleur qu'avant.

bad → **worse**

It's worse than before.
C'est pire/plus mauvais qu'avant.

6 PRACTISE

Dis la même chose en anglais !

a. Le vélo bleu est plus cher.

....

b. C'est mieux maintenant !

....

c. Ta maison est plus confortable que mon appartement.

....

7 FOCUS

MOINS... QUE...

A bike is less expensive than a car.
Un vélo est moins cher qu'une voiture.

It's less cold here than in Scotland.
Il fait moins froid ici qu'en Écosse.

less + **adjectif** + **than**...
moins + adjectif + **que...**

8 PLAY

ⓐ The white tee-shirt is .... the black tee-shirt.

expensive

ⓑ The bus is ....
the taxi.

big

ⓒ The couch is .... the chairs.

modern

9 **DISCOVER!**

LIVING IN AMERICA!

Le *ranch house* n'a pas d'étage supérieur. Tout se trouve au rez-de-chaussée ! C'est un type de maison très répandu aux USA !

RANCH HOUSE

Dans les grandes villes américaines, beaucoup de gens habitent dans des gratte-ciels. Leurs appartements ont souvent des vues à couper le souffle !

HIGH-RISE APARTMENT

La traditionnelle cabane en bois a beaucoup de charme. Certains Américains en achètent une pour y passer leurs week-ends au calme.

CABIN

BROWNSTONE

C'est la maison de ville typiquement new-yorkaise. L'entrée se trouve au premier étage, et on y accède par un escalier.

TRAILER

Beaucoup d'Américains habitent dans un mobile-home sur un terrain qu'on appelle a *trailer park*.

HOME CHALLENGE!

Complète ces phrases en remettant les lettres dans l'ordre.

a **A ranch house is** .... **than a trailer.** REOM VSEXEPNIE

b **A cabin is** .... **than a brownstone.** ELARMSL

TAKE THE QUIZ!

LET'S HAVE A PARTY!

1 SCAN & WATCH

Regarde le vingtième épisode !

Vidéo 20

2 MATCH

Associe chaque phrase avec sa traduction.

I can't see Jack. ❶	ⓐ Oui ! Allons-y ! Prenons un taxi.
He's over there! ❷	ⓑ On va chez toi maintenant ?
Shall I help you with your bag? ❸	ⓒ Je ne vois pas Jack.
That's OK, it's not heavy. ❹	ⓓ Je t'aide avec ton sac ?
Shall we go to your house now? ❺	ⓔ Il est là-bas !
Yes, let's go! Let's take a taxi. ❻	ⓕ Ça va, il n'est pas lourd.

3 FOCUS

Shall I...? Shall we...?

Shall I open the door for you?	→	Je vous ouvre la porte ?
Yes, please.	→	Oui, je veux bien.
Shall I make some sandwiches?	→	Je fais des sandwiches ?
Good idea!	→	Bonne idée !
Shall we have a barbecue?	→	On fait un barbecue ?
We can't, it's raining!	→	On ne peut pas, il pleut !
Shall we go?	→	On y va ?
Yes, let's go!	→	Oui, allons-y !

Shall I...? et **Shall we...?** sont employés pour **proposer de faire quelque chose**.

4 RECAP

Complète ce dialogue !

we · can't · faster · can · there · let's · Shall · I · Shall · heavy

a. I .... see Simon.

b. I .... see him! Look! He's over ....!

c. .... carry your bag, Simon?

d. No, that's OK, it's not ....

e. .... walk to my house?

f. No, ... take the bus. It's .... than walking.

5 DISCOVER!

AUSTRALIA DAY

Le 26 janvier, c'est l'Australia Day, la fête nationale australienne !
Elle commémore l'arrivée des premiers Anglais en Australie en 1788. Les Australiens se réunissent en famille pour assister à des défilés, pour organiser des pique-niques et des barbecues, et pour admirer les feux d'artifice.

Mum always makes pavlovas on Australia Day.

A sweet day!

Picnics

In Australia, it's hot in January: perfect for a day at the beach!

This is the Opera House in Sidney!

Fireworks

Barbecues

Let's have a barbie in the yard to celebrate Australia Day!

The fireworks are really spectacular!

barbie → barbecue (anglais australien familier)
fireworks → feux d'artifice
yard → jardin

TAKE THE QUIZ!

SOLUTIONS

EPISODE 1

2 1c, 2a, 3b, 4e, 5d, 6f
4 1b, 2b, 3b, 4b
5 a. am ; b. is ; c. is ; d. are ; e. is ; f. is
7 a. your name ; b. What's – name ; c. My name ; d. Pleased ; e. How ; f. fine ; g. Bye, h. you – soon

EPISODE 2

2 1c, 2f, 3g, 4h, 5d, 6a, 7e, 8b
3 1. This is my friend Alison. ; 2. Where are you from, Harry? ; 3. I'm from Manchester, and you?
5 1a, 2b, 3b, 4a
7 1. Scotland ; 2. New Zealand ; 3. Australia ; 4. The United States ; 5. Ireland
9 a. how ; b. fine – This – friend ; c. everybody ; d. where ; e. I'm – New York
11 1. New-York ; 2. San Francisco ; 3. Arizona ; 4. Florida

EPISODE 3

2 1g, 2d, 3e, 4h, 5f, 6a, 7b, 8c
4 a. Do you have any children? ; b. How old are they? ; c. My daughter's name is Daniela and she's ten. ; d. How old are you? I'm eleven.
5 1 one, 2 two, 3 three, 4 four, 5 five, 6 six, 7 se-ven, 8 eight, 9 nine, 10 ten, 11 eleven, 12 twelve, 13 thirteen, 14 fourteen, 15 fifteen, 16 sixteen, 17 seventeen, 18 eighteen, 19 nineteen, 20 twenty
7 1b, 2b, 3a, 4a
9 1. mother ; 2. father ; 3. grandfather ; 4. son ; 5. grandmother

EPISODE 4

2 1d, 2i, 3h, 4e, 5g, 6a, 7c, 8b, 9f
4 a. What does Léa look like? ; b. She is very beautiful. ; c. Show me your son. ; d. He's very tall and handsome.
7 a. Penguin ; b. Ra's Al Ghul ; c. Two-Face ; d. Catwoman ; e. Poison Ivy ; f. The Riddler ; g. Clayface
8 1b, 2d, 3c, 4a
10 1. a, 2. a, 3. an, 4. a

EPISODE 5

2 1d, 2e, 3g, 4f, 5b, 6a, 7c
4 a. What's your friend like? ; b. She is very shy. ; c. But she is very clever. ; d. Is she talkative? No, not at all.
6 1b, 2a, 3a, 4b
9 a. quite selfish, b. bad-tempered, c. really easy-going

EPISODE 6

2 1c, 2e, 3b, 4f, 5a, 6d
8 a. Where does Orane work? ; b. She works in a hospital. ; c. What does Harrison do for a living? ; d. He's a taxi driver.
10 a. a hairdresser ; b. an electrician ; c. a waiter ; d. a sales assistant

EPISODE 7

2 1c, 2e, 3a, 4g, 5b, 6h, 7d, 8f
4 a. Does Mary have any brothers and sisters? ; b. She has a brother but no sister. ; c. I don't have any pets. ; d. Michael has a dog.
8 a. Do – pets ; b. have ; c. sisters ; d. don't – sisters ; e. Would – them ; f. please

EPISODE 8

2 1e, 2f, 3g, 4b, 5h, 6c, 7d, 8a
4 a. playing ; b. swimming
5 1b, 2a, 3a
7 a, b, b

EPISODE 9

2 1f, 2d, 3e, 4a, 5b, 6c
3 1. Wednesday ; 2. night ; 3. Friday ; 4. yesterday ; 5. Monday ; 6. week ; 7. Sunday ; 8. tomorrow ; 9. morning ; 10. Thursday ; 11. day ; 12. Saturday ; 13. afternoon ; 14. Tuesday ; 15. today
6 a. was ; b. I'm ; c. is ; d. It was ; e. were
9 L'accent est sur la première syllabe dans les 3 cas.

EPISODE 10

2 1e, 2f, 3c, 4a, 5b, 6d
4 1b, 2a, 3a

5 1b, 2a, 3b, 4a
6 1a, 2b, 3b, 4b

EPISODE 11

2 1d, 2f, 3a, 4e, 5c, 6b
4 1a, 2b, 3b, 4a
8 a. Would – like ; b. please – hungry ; c. What ; d. Can ; e. something – drink ; f. thirsty – I'd

EPISODE 12

2 1h, 2d, 3e, 4g, 5f, 6b, 7a, 8c
5 a. The London Eye ; b. Tower Bridge
6 1b, 2b, 3a, 4b
9 a. to ; b. find ; c. It's in ; d. are ; e. They're on

EPISODE 13

2 1f, 2a, 3g, 4b, 5c, 6d, 7e
4 1. Sarah often walks to school. ; 2. I never read on the bus. ; 3. We always watch TV at home.
7 1. Do you play video games? ; 2. Does John take the bus every day? ; 3. Does Sarah like playing soccer?
9 1. Her parents don't like video games. ; 2. Michael doesn't go to school by bus. ; 3. My sister doesn't play soccer every day.
10 a. do ; b. go ; c. walk – school ; d. take

EPISODE 14

2 1f, 2d, 3e, 4g, 5b, 6c, 7a
3 a. I've eaten frogs' legs before. ; b. Have you ever been to England? ; c. Look! They have burgers!
6 1g, 2f, 3e, 4d, 5c, 6a, 7b
7 1b, 2b, 3a, 4b, 5a, 6a
9 a. chicken with mashed potato ; b. salmon with peas ; c. fish and chips ; d. prawns with rice

EPISODE 15

2 1f, 2c, 3b, 4e, 5a, 6d
6 1. Did Andrew like the film? ; 2. Was Karen tired? ; 3. Did the children play tennis?
7 1. Sarah walked to school this morning. ; 2. My friends played video games yesterday.
9 1. Jerry wasn't hungry. ; 2. David's friends didn't come to the party. ; 3. Harry didn't go to London.
10 a. did ; b. went ; c. walk ; d. didn't – took ; e. you ; f. played

EPISODE 16

2 1c, 2e, 3f, 4d, 5b, 6a
4 1. You'll be tired tomorrow. ; 2. I will call you later. ; 3. She'll go to Liverpool soon. ; 4. We will watch a film this evening.
6 a. They won't be here next week. ; b. George won't take the bus. ; c. I won't go with you. ; d. Dad won't be happy.

EPISODE 17

2 1d, 2h, 3b, 4a, 5c, 6e, 7f, 8g
4 a. Where are you going? ; b. I'm going to the supermarket. ; c. What is she doing?
5 1b, 2a
7 1. It's Saturday. ; 2. It's Friday.
9 1d, 2b, 3c, 4a

EPISODE 18

2 1c, 2e, 3f, 4b, 5a, 6d
4 1a, 2b
7 1. How much – b ; 2. How many – c ; 3. How much – d ; 4. How many – a

EPISODE 19

2 1c, 2g, 3d, 4f, 5b, 6e, 7a
4 a. smaller ; b. nicer – modern ; c. expensive – centre ; d. than
6 a. The blue bike is more expensive. ; b. It's better now! ; c. Your house is more comfortable than my apartment.
8 a. more expensive than ; b. bigger than ; c. less modern than
9 a. more expensive ; b. smaller

EPISODE 20

2 1c, 2e, 3d, 4f, 5b, 6a
4 a. can't ; b. can – there ; c. Shall I ; d. heavy ; e. Shall we ; f. let's – faster

Crédits photographiques

Couverture : iStock/TomasSereda, nidwlw.

6 (de gauche à droite et de haut en bas) : iStock/Deagreez, PeopleImages, Tomwang112 ; 13 : iStock/Greens87 ; 15 (de g à d et de h en b) : iStock/franckreporter, fotoVoyager, lavendertime ; 19 : iStock/MangoStar_Studio ; 20 (de g à d et de h en b) : Wikimedia Commons/PolizeiBerlin/CC BY-SA 4.0 (recadré), Wikimedia Commons/Kiefer/CC BY-SA 2.0 (recadré), Wikimedia Commons/Northern Ireland Office/CC BY 2.0 (recadré), Wikimedia Commons/John Mathew Smith 2010/CC BY-SA 2.0 (recadré), Wikimedia Commons/Defensie/CC0 1.0, Wikimedia Commons/Northern Ireland Office/CC BY 2.0 (recadré) ; 25 : Illustration d'Alain Boyer ; 26 (de g à d) : iStock/LexiTheMonster, lleerogers, shapecharge, CasarsaGuru ; 30-31 : L'Atelier Cartographik ; 37 (de h en b) : Wikimedia Commons/VOGUE Taiwan/CC BY 3.0 (recadré), Wikimedia Commons/Daniel Ogren/CC BY 2.0 (recadré), Wikimedia Commons/The Come Up Show/CC BY 2.0 (recadré) ; 39 (de h en b) : iStock/alvarez, sturti, monkeybusinessimages ; 42 (de g à d et de h en b) : iStock/101cats, Marta Urbańska, cynoclub, bazilfoto, Voren1, Ирина Мещерякова ; 43 (de g à d et de h en b) : iStock/mehmettorlak, VYCHEGZHANINA, jimmyjamesbond, GlobalP, amwu, JuTi ; 45 (de g à d et de h en b) : iStock/clsgraphics, Tuned_In, da-kuk ; 47 (de h en b) : iStock/izusek, Wavebreakmedia, martin-dm, Deagreez ; 52 (de g à d et de h en b) : iStock/JoeGough, martinrlee, monkeybusinessimages ; 56 : iStock/BonneChance ; 60 (de h en b) : iStock/NoirChocolate, youngID ; 64-65 (fond) : Shutterstock/MuchMania ; 64 (de g à d) : iStock/Vladislav Zolotov, QQ7 ; 65 (de g à d) : iStock/okeyphotos © Fosters + Partners, fotoVoyager ; 70 (de g à d et de h en b) : iStock/ajr_images, stu99, SDI Productions ; 71 (de g à d et de h en b) : iStock/SDI Productions, Courtney Hale, monkeybusinessimages ; 78 (de g à d et de h en b) : iStock/LauriPatterson, SStajic, ALLEKO, Yulia_Kotina ; 79 (de g à d et de h en b) : iStock/YelenaYemchuk, Taninwat Pichitnapakul, ALLEKO, raphotography ; 82 (de h en b) : iStock/alashi, SeanPavonePhoto ; Wikimedia Commons ; 83 (de h en b) : iStock/ferrantraite, franckreporter ; Shutterstock/S-F ; 89 : DR ; 92 (de g à d) : iStock/wakila, undefined undefined ; 93 (de h en b) : iStock/RENGraphic, huafires ; 94 : iStock/titoOnz ; 95 (de g à d et de h en b) : iStock/g-stockstudio, Freder, Jason Magerkorth, Circle Creative Studio ; 97 (de g à d) : iStock/MartinM303, zodebala ; 98 (de g à d et de h en b) : iStock/Tomacco, Guy N Harris, alexandrayurkina, Vladislav Zolotov, CaptureLight ; Wikipédia/Aashish Rao/CC BY 3.0 ; 103 (de g à d et de h en b) : iStock/OlegPhotoR, Fabiomichelecapelli, me4o, Poike ; 104 (de h en b) : iStock/dszc, adamkaz ; 105 (de h en b) : iStock/franckreporter, littleny, Marje ; 108 (de h en b) : iStock/CarlaNichiata, kosmozoo, vzphotos ; 109 (de g à d et de h en b) : iStock/MillefloreImages, tap10, KatarzynaBialasiewicz, franckreporter.

Éléments graphiques : iStockphoto.com

IMPRIM'VERT®

Imprimé en France par SEPEC à Péronnas
N° d'imprimeur : 17932201132 - Dépôt légal : janvier 2021
N° d'édition : 03581603-01